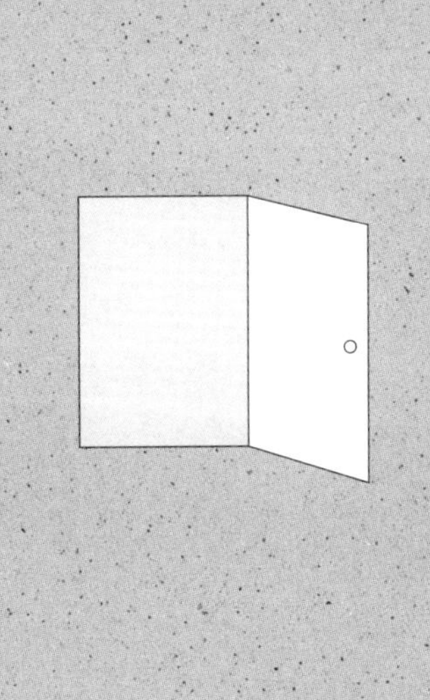

목숨값

목숨값

2024년 3월 25일 초판 2쇄 펴냄

지은이| 기노석
펴낸이| 길도형
편 집| 박지윤
디자인| 우디크리에이티브스
펴낸곳| 타임라인
출판등록| 제406-2007-000061호
주소| 경기도 고양시 일산서구 덕산로 250
전화| 031-923-8668
팩스| 031-923-8669
E-mail | jhanulso@hanmail.net

ISBN 978-89-94627-61-8 03810

값 12,000원

목숨값

기노석 지음

■ 머리말 ■

나를 아는 모든 분들께 사랑과 감사를!

드디어 나는 도사가 되었다.

지공도사! 시하철도 공짜라던가? 물론 지하철을 공짜로 탈 생각은 없다.

단지 그 누구도 부정할 수 없는 것은 나도 그만 그 나이가 되어 버렸다는 것이다.

국가에서도 인정을 해 준다. 이제 일을 그만하셔도 된다고 말이다.

그 동안 적지 않은 세월을 살아오면서 알고 싶은 것들, 알아야 할 것들, 해야 할 일, 하고 싶은 일 등등 한 가지를 해결하고 나면 더 많은 수수께끼가 생기고 끝이 없이 이어진다는 것을 알았다. 끝없이 연결되는 이 모든 것들을 다 소화하거나 해결하고 나서야 나의 소회를 적는다는 것은 도저히 불가능하다는 것 또한 깨달았다.

그래서 비록 부족함이 더 많다고 하더라도 어느 시점에서 인가는 정리를 하고 그리고 다음 나의 생(제2의 인생)을 이어가는 것이 타당하겠다고 생각했다. 여러분 앞에서 이 글을 쓴다는 것 자체가 참으로 부끄럽고 민낯을 드러내는 것처럼 숨고 싶은 마음이지만, 독자들께서 기꺼이 이해해 주시리라 믿고 적어 본다.

사실 이 글들은 과거에 내가 경험한 일들이며 가끔 가공의 일이 나오는가 하면 인터뷰했던 내용들이 함께 섞여 있어서 일정한 어느 장르라고 하기는 어렵다. 한 사람이 살아오면서 경험하고 느끼고 했었던 일들을 그저 담담하게 적어 보려고 했는데, 그러기에는 나의 생이 너무 평범하고 밋밋하여 별로 쓸 만한 게 없었다.

또한 앞만 보고 달려왔기에 주위를 둘러보거나 뒤를 돌아볼 시간이나 여유조차 없었다. 이제 어느 변곡점에 서서 일단락을 지으려 하니 그 간의 나의 삶이 완만한 오르막뿐이었음을 다시 한 번 느낀다. 매나 독수리의 눈을 가진 작가의 눈으로 보면야 굽이굽이 어디 재료가 없겠는가마는 그런 것들을 '꺼리'로 만들 수 있는 재주가 없는 둔재의 눈에는 잘 보이지 않았다.

나는 사람 냄새가 나는 삶을 지향했다. 그래서 가당치도 않게 '도道'나 '선禪'의 세계를 이루어 보고자 최선을 다했다. 바르게 사는 길을 가려고 노력했다. '백의종군' 하며 회사를 운영해 보기도 했다.

하여 때로 질시의 시선을 느끼기도 했고 폄하하는 말을 들어야 하기도 했다. 하지만 일정 시간이 지나면 대부분 해소되었다. 바르게 살려고 했던 것이 평가를 받은 것이다.

촛불시위의 결과도 정당한 정의가 대접받는 시대를 여는 하나의 기폭제가 되었다. 이제 법 앞에 만인이 평등하다는 것을 보여 준 꼭 그만큼 우리 대한민국이 성숙한 것이다.

자랑스럽다.

4차 산업혁명이 끝날 때 즈음이면 사람다운 사람을 찾기가 더욱 쉬워질지도 모르겠다. 인공 지능 로봇으로 예스와 노를 정하고, 일정한 잣대만 들이대면 점수가 눈에 보여 단

박에 좋은 사람, 귀한 사람, 고결한 사람 등등을 알려 줄 수도 있을 테니까 말이다.

더 늦기 전에 더 늙기 전에 내가 아는 주위 사람들에게 고맙다는, 그리고 사랑한다는 말을 전하고 싶다. 내가 아는 사람뿐만 아니라 설령 내 기억에는 없어도 나를 아는 모든 분들에게도 같은 말을 전하고 싶다.

특히 나의 가족들, 나의 다섯 누나와 자형들, 처가 가족들, 내 조카들, 내 일가 친척들, 초·중·고 대학과 대학원 친구들, 의사 생활을 하면서 만난 환자 그리고 동료 의사들, 사회생활을 하면서 만난 지인들, 나에게 음식을 제공해 준 모든 이들, 내가 멘토로 생각하는 원로 선배님들, 군 동료들, 우리 회사 직원과 사원들, 이 원고를 교정봐 준 후배, 그를 소개해 준 친구, 동문회를 이끌어 가고 있는 선배 후배 동료를 비롯한 기둥들…….

열거하자면 한도 끝도 없는데, 나의 사랑하는 이 가슴이 너무 작은 것을 느낀다.

오늘 밤부터는 사랑하는 이 가슴을 더욱 키워 나가야겠다.

2017년 8월 어느 날

의학박사 기노석

■ 차례 ■

Ⅱ. 선친 생각 72

나는 벼랑 끝에 있었다.
그러나 멈춰 있지는 않았다.
아무 것도 확정할 수 없는 막막한 미래,
그 허공을 향해 나는
한 발을 내딛었다.

I

연대기

철들면서 고난도 시작되다

내 기억의 최초는 뚜렷한 사물이나 상황이 아니다. 전체적으로 부드러운 비단이나 푸근한 장막에 싸여 있다는 느낌 혹은 분위기라고 할 수 있다.

집안 살림은 넉넉했다고 한다. 그러니 친척들의 발길이 끊이지 않았고, 상당 기간 머무는 경우도 많았다. 친가와 외가 모두 지역의 유지요 부농이었으니, 특별히 기억할 일도 없이 평탄한 시기였던 것이다.

부친은 공직에 계셨는데, 소년 때부터 한학을 공부하신 다음 서울에서 대학을 나오셨다. 곧고 바른 분이셨다. 세상을 오시傲視하셨고 그만큼 가족과 자신에 대해서도 엄격하셨다.

내가 다섯 살 되던 해, 자유당 정권의 패악을 견디다 못해 사직하셨다. 고흥에서 염전 사업을 시작하셨는데 뜻대로 되지 않았다.

살림에 딱지가 붙었다. 그때 나는 초등학교 2학년이었다. 어떤 일이 벌어지는지 정확히는 알 수 없었지만, 따뜻한 방 안에서 갑자기 칼바람 부는 들판에 내동댕이쳐진 느낌만은 뚜렷했다.

실제로 살던 집에서 쫓겨났다. 친척의 도움으로 어렵사리 구한 집은 겨우 비바람을 피하고 이슬을 가릴 정도였다. 부친은 다른 사업을 추진하시겠다며 서울로 가셨고, 우리 6남매는 고스란히 어머님 손에 맡겨졌다.

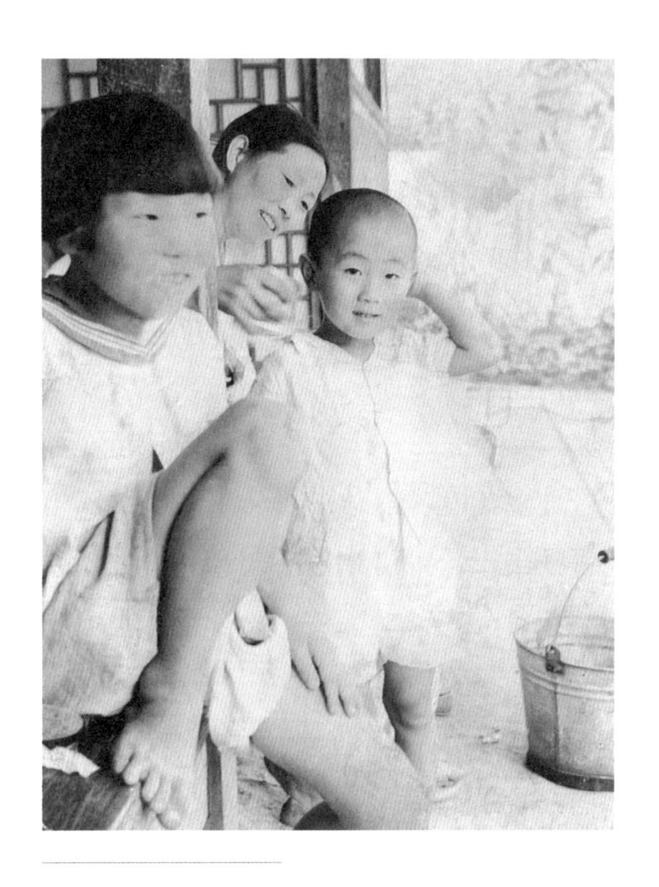

어머니와 누나, 그리고 나

어머님은 집 마당에서 토끼를 키워서는 시장에 내다 파셨다. 달리 생계를 이을 방법이 없었던 것이다. 토끼는 많을 때는 300마리 가까이 됐다. 토끼 새끼를 챙기시는 어머님 치마폭을 붙잡고 팔지 말라고 애원했던 기억이 지금도 생생하다.

학교 수업을 마치고 돌아오면 집은 텅 비어 있었다. 늘 배가 고팠다. 부엌이며 온 집을 뒤져도 먹을 만한 것은 없었다. 마침 집 부근 텃밭에 상추가 퍼렇게 자라고 있었다. 한 아름 뜯어다 날로 먹으려니 싱겁고 씁쓸하기만 해서, 된장에 찍어 먹었다. 배가 부르기는 했는데, 저녁 무렵 탈이 생기고 말았다. 구토와 설사로 며칠을 고생한 것이다. 날 된장에 생 상추만을 양껏 먹었으니 오죽했겠는가?

학교에서는 군것질하는 친구들이 부러웠다. 몇 집 늘어서 있던 학교 앞 문방구점에서는 다들 먹을 것도 팔았는데 그냥 지나치는 것이 창피하기도 하고 화가 나기도 했다. 그러나 집안 형편이 뻔한데 어머님을 조를 수도 없었다.

그래서 궁여지책으로 '우동을 먹고 싶으니 돈을 달라'고 말씀드렸다. 물론 그 돈으로 군것질을 하려는 속셈이었다. 어머님이 대뜸 우동을 사주셔서 잘 먹기는 했지만 얼마나 아쉬웠던지!

아버님 사업은 또 결과가 좋지 않았다. 당연히 집안 형편은 더 나빠졌다. 초등학교를 졸업할 무렵 우리는 방 한 칸짜리 집으로 이사했다. 가게가 딸린 집이었지만, 철길 너머 인가人家조차도 드문 변두리였다.

이 한 몸 누일 곳 없으니

중학교 입학시험을 치렀다. 자세한 내용을 다 적기는 어렵지만, 시험과 관련한 부정이 횡행하고 그보다 더 부풀려진 소문으로 세상이 소란할 때였다. 어려운 살림이며 뭔가 공평한 경쟁이 아닐 수도 있다는 생각 등으로 머릿속이 복잡했다.

입학시험에 떨어졌다. 어쩌면 나 혼자 부딪친 세상의

첫 시험에서 패배한 것이다. 그러나 그 패배는 그 뒤의 내 삶에 크고 결정적인 교훈이 됐다. 패배와 실패는 결코 되풀이하지 않아야 하는 괴롭고 아픈 것이라는 것 말이다.

모교인 초등학교에 만들어진 재수반에서 한 해 더 공부했다. 뚜렷하게 정리된 것은 아니었지만, 어떤 상황이 주어지건 최선을 다할 수밖에 없음을 절실하게 느꼈고 그만큼 공부에 집중했다. 사실 공부 말고 할 만한 것이 없기도 했다. 친구들은 중학생이 됐고, 후배들은 낯설고 어색하기만 했다.

중학생이 됐다. 집안 형편은 줄곧 나빠지기만 했다. 누나들이 작은 편물점을 시작했는데 완제품과 재료를 송두리째 도둑맞기도 했다. 밤새 추위에 떨면서 연탄과 방구들만 탓했는데, 아침에 알고 보니 도둑이 물건을 훔쳐 가면서 문을 닫지 않아 바람이 들이친 것이었다.

그러나 어려움은 그것만이 아니었다. 부모님 그리고 시집간 큰 누나를 빼고도 넷이나 있는 누나들과 한 칸 방에서 지낸다는 것은 결코 만만한 일이 아니었다. 나는 차츰 밖으로 돌았다. 뭐 가출해서 비행 청소년이 됐다는 것이 아니라 혼자 방을 쓰는 친구네 집에서 자는 경우가 많아졌다는 것이다.

주로 공부가 핑곗거리였다. 다른 여러 이유를 대기도 했지만, 부모님이 모르지는 않으셨을 것이다. 그래도 별로 막지 않으셨던 것은, 좋은 여건을 마련해 주지 못하는 미안함을 조금이나마 덜고 싶으셨기 때문일 것이다.

이리저리 옮겨 다니는 것이 편하거나 좋을 리 없다. 그래서 독하게 춥거나 덥지 않은 봄가을이 무척 소중했다. 온 몸에 훈기가 느껴지는 봄이 되기를 손꼽아 기다렸다. 여름 밤은 참으로 좋았다. 툇마루에 나와서 잘 수 있었기 때문이다. 서늘한 기운이 방문턱을 넘어와 코끝에 스치는 가을날 새벽의 느낌이 그렇게 반가울 수 없었다.

중학교 때의 나는 한 곳에 머물지 못하도록 쫓기기만 하는 꼴이었다. 친구 집 공부방에서나 단칸방에 딸린 툇마루에 누울 때면 생각했다.

'이 한 몸 누일 곳이 없구나.'

벼랑 끝에서 한 걸음 앞으로

고등학교에 진학하면서 조금씩 변화를 느끼기 시작했다. 몸도 마음도 자라고 있다는 것을 체감體感했다고나 할까?

집안 형편도 그랬다. 아버님은 방황(?)을 그치신 듯 집에서 경옥고瓊玉膏를 만들어 팔기 시작하셨는데 수입이 괜찮은 것 같았다.

아버님이 한학漢學 공부를 하시면서 자연스럽게 접한 한의학 지식을 바탕으로 정성을 기울여 만든 경옥고는 입소문이 나면서 서울은 물론 전국 각지에서 주문이 들어왔다.

경옥고 제조의 잔심부름은 내 몫이었는데, 아버님께서 재료 마련부터 제작까지 어렵고 고된 과정을 감당하시는 것을 보면서는 제대로 불평도 할 수 없었다.

그때 지극정성으로 만들어지는 경옥고를 보면서, '얼마나 잘 사는 사람들이 이런 것을 먹을까. 나도 다음에 꼭 먹어 봐야지' 라고 생각했던 기억이 생생하다.

대학 입시에 모든 관심이 쏠릴 때였지만 나는 쉽사리 방향을 정하지 못했다. 1학년 때는 집안 형편을 생각해서 육군사관학교나 해양대학교를 생각했고, 그 다음에는 아버님의 뜻에 따라 교육대학을 목표로 하기도 했다.

빨리 안정적인 직장을 얻는 것이 최우선 관심이었던 것이다. 그러니 마음을 다잡고 공부할 만한 여건이 아니었다. 성적에는 관심도 없고 친구들과 어울리는 것이 우선

선친의 대학 시절

이었다.

어쩌면 방황이고 그렇게 부르기도 어색할 만큼 갈피를 잡기 어려운 상황에, 내가 할 수 있는 최선이며 유일한 것

막막한 미래, 그 미래란 허공을 향해 나는 한 발을 내딛었다.

이 독서였다. 나는 학교 도서관 장서藏書는 물론이고, 주변에 손이 닿는 책은 닥치는 대로 읽었다.

그때는 일종의 현실 도피이기도 했을 독서는, 결과적으로 나를 키운 중요한 자양분이며 거름이 됐다. 나는 지식을 얻고 시간과 공간을 뛰어넘는 것을 경험했다.

2학년 때 다섯째 누나가 교육대학을 졸업했다. 광주 아니면 가까운 곳으로 발령이 나야 할 상황이었다. 정확한 경위는 기억나지 않지만, 나는 교육청 학무국장 댁으로 찾아갔다. 청탁하기 위해서였다.

본인이 부재중이라 학무국장 부인에게 사연을 이야기했다. '집안 형편이 어려워 누나가 우리 집을 돌봐야 하는데, 멀리 가게 되면 힘들게 된다' 며 선처를 부탁했다. 부인은 신기해 했다. 교복 입은 고등학생이 달걀 한 줄 들고 찾아와서 인사 청탁을 하는 일이 흔하지는 않았을 테니까.

내 청탁이 유효했는지 모르지만 누나는 광산구 임곡으로 발령 났다. 성적이 뛰어났기 때문인 것으로 알고 있다. 어쩌면 광주로 날 발령이 청탁 탓으로 바뀐 것일 수도 있지 않았을까?

2학년 말 무렵부터 뒤처진 성적이 신경에 거슬리기 시작했다. 겨울방학 때 학원에 등록해 영어와 수학 공부를 집중적으로 했다. 3학년 때 서울대 반이었는데 아버님은 서울로 대학 가는 것을 탐탁하게 여기지 않으셨다.

오르려다 미끄러지고 달리려다 발이 걸리는 것 같은 답답하고 힘겨운 나날이 이어졌다.

그런 영향 때문이었는지 3학년 여름방학 때 작은 사고(!)를 쳤다. 그날도 무더위에 허덕이다가, 마찬가지로 지쳐 있는 친구들에게 '수업 빠지고 수영장에 가자' 고 선동한 것이다. 사직공원에 수영장이 개장한 지 얼마 되지 않았을 때라 호기심도 있었고, 공부의 중압감에 더위까지 심했으니 친구들이 적극 호응한 것은 당연한 일이었다.

우리 반은 서너 명 빠졌을까 모두 사직공원 수영장으로 몰려가서 한나절 질펀하게 놀았다. 다른 수영객들이 자리를 피할 정도였다. 다음날 담임선생님의 꾸중을 듣기는 했지만 걱정했던 것 정도는 아니었다.

방황하다 보니 벼랑 끝까지 내몰린 심정이었던 3학년 때 담임선생님이 가정방문을 오셨다. 반듯이 서서는 들어

갈 수도 없는 방 앞 툇마루에 앉아서 "너, 의대 가는 것이 좋겠다"고 하신 선생님의 말씀이 정수리에 꽂힌 침針 한 방 같은 역할을 했다. 나는 의대에 갈 수 있고, 가야 한다고 확정됐다는 것을 느꼈다.

입학금이나 등록금 걱정도 하지 않기로 했다. 큰 자형姉兄이 입학금과 첫 등록금은 마련해 주마고 약속해 주신 것도 큰 힘이 됐다.

나는 전남대 의대에 합격했다.

동네 이웃들도 친척들도 다르게 대한다는 것이 느껴졌다. 몇몇 친척들은 격려금을 주기도 했다. 덕분에 큰 자형 도움을 받지 않고도 입학금과 등록금을 마련할 수 있었다. 상관없다. 그 뜻만으로도 큰 도움이 됐으니 말이다.

더 좋은 결과가 있었을 것이라며 후회하지 않았다. 더 나쁜 상황이 될 수도 있었다고 자위自慰하지도 않았다. 나에게 주어진 몫을 겸허히 받아들이고, 그것에서 다시 새롭게 힘차게 앞으로 나아가는 것이 중요하다고 생각한 고교 시절이었다.

나는 벼랑 끝에 서 있었다. 그러나 멈춰 있지는 않았다. 아무 것도 확정할 수 없는 막막한 미래, 그 허공을 향해 나는 한 발을 내딛었다.

홀로서기를 준비하다

대학에 들어갔지만, 용돈에 쪼들리고 공부에 내몰리고 시험에 시달리고 그리고 무엇보다 뚜렷하게 실체를 알기 어려운 강박감強迫感에 쫓기는 것은 여전했다. 아니 더 심해진 측면도 있었다.

고교 때까지는 교육 과정이나 선생님들이 정해 놓은 틀에 맞추기만 하면 됐던 것이 자율自律의 폭이 넓어지면서 스스로 결정해야 하는 어려움이 또 하나 굴레가 된 듯한 느낌이었다.

그러나 대학은 신세계였다. 자유 그 자체였다.

머리를 기르고 술을 마시고 담배를 피워도 됐다.

여학생 꽁무니를 따라다녀도, 만나 줄 것을 애원하는 아가씨를 외면해도 아무렇지 않았다.

직접적인 제재가 가해지지 않는 한 내가 생각하고 할 수 있는 무엇이건 시도했다. 시간제 근무를 하고, 날을 새워 놀고, 모임을 만들어 책을 읽고, 틈나는 대로 여행을 가고, 하루 종일 여학생 집 앞을 떠나지 않기도 했다.

세 시간 동안 한 학기 수업 전체 분량을 훑어보고 재시험을 통과했는가 하면, 이틀 동안 날을 새운 집단 학습 삼일째 되는 날 다른 친구들이 모두 자리를 차지하고 쓰러져 자는 바람에 어쩔 수 없이 사흘 동안 잠 한 숨 자지 못하고 공부해 보기도 했다.

공부로만 날을 샌 것도 아니었다. 본과 3학년 때 수학여

필자의 박사 학위 수여식 때 광맥 회원 선후배와 함께

행을 갔는데, 첫째 날은 여학생들과 어울려 노느라, 둘째 날은 해안 경비초소에 잡힌 친구들을 빼내느라, 셋째 날은 내기화투를 치느라 꼬박 사흘 동안 잠 한 숨 자지 못했다.

무엇을 하건 하루 24시간이 꽉 차 있었다. 가만히 있으면 몸이 무너지고 머리가 녹스는 것 같았다. 뭔가 소중한 것을 놓치고 버려야 할 것들은 엉겨 붙는 듯한 느낌이었던 것이다.

그렇게 혹독하게 담금질되고 마구 두들겨 맞는 것 같은 상황과 시간을 견디면서 나는 자라고 커지고 단단해졌다. 무엇보다도 해야 할 일이라면 있는 힘을 다해야 한다는 것을 뼛속 깊이 새겼다.

특히 그 일을 오직 나 혼자서만 해내야 한다는 것, 그 엄연하고 냉철冷徹한 현실을 깨달았다.

한정된 시간이 주어진다. 제한된 공간을 벗어날 수 없다. 그 한계를 끊임없이 시험할 뿐이지 않은가. 결과를 누가 알겠는가 말이다.

나는 아버지에게서, 가족에게서, 학교에서, 어쩌면 이 사회 그리고 세상의 모든 굴레에서 벗어나고 싶었는지 모른다. 아마 홀로 서고 싶었을 것이다.

대학 6년이 그렇게 숨 가쁘게 지났다. 나는 졸업장을 드리며 아버님께 말씀드렸다.

"이제 독립하겠습니다. 지금부터는 제 일에 관여하지 마세요."

돈벌이를 시작하다

예과 2년 본과 4년을 마치고, 군의관으로 입대해 난생 처음 돈을 벌었다. 내가 한 일이 재화로 보상된다는 것이 놀랍고 기쁘고 어색하고 부끄럽기도 했다.

그러나 그 어떤 것보다 자부심이 컸다. 짧게는 6년 길게는 4반세기의 혹독(?)한 고난과 시련을 잘 이겨 이뤄 낸 것 아니겠는가!

누구의 어떤 도움도 기대할 수 없는 여건이라는 것을 잘 알고 있었다. 오직 나 혼자서 모든 문제를 해결하겠다는 각오였다. 사실 온갖 어렵고 힘들고 괴로운 상황을 그 마음가짐으로 극복해 왔던 것 아닌가!

그런데 이상했다. 누군가 앞을 쓸어 주고 다닌다는 느낌이 들 만큼 일이 잘 풀렸다.

첫 부임지는 최전방 보병 대대였는데, 전임자가 지휘관과 대판 다투고 떠난 바람에 나는 일반적인 처신만으로도 '됐다!' 는 평가를 받았다. 지휘관 견장을 차게 됐을 때는, 인사권자가 심통을 부린 끝에 최악最惡부터 차악次惡까지 하나씩 탈락시키면서, 가장 무난한 곳에 부임하게 됐다.

복무 마지막 근무는 모두들 선망하는 보직이었다. 다들 나에게 든든한 배경이 있는 것으로 믿었지만, 사실은 직전 근무자와 1번 순위자 사이의 사소한 갈등이 나비효과처럼 번지고 퍼져, 내 근무지와 보직이 자연스럽게 결정된 것이었다.

나는 깊은 수렁에 빠져 있던 것 같던 기분을 떨쳐 냈다. 몸을 일으켰다. 우러러볼 것도, 내려다볼 것도 없었다. 내 마음을 바르게 하고 몸을 반듯하게 하며 앞을 향해 한 걸음씩 나아가기만 하면 되는 것이었다.

나는 군 복무 중이던 1980년 2월 5일 결혼했다. 가정을 이룬 것이다. 홀로 서되 더 든든해졌다. 아니 홀로 설 수 있어야 튼실해질 수 있을 것이다.

한몫하는 의사가 되다

4년 남짓한 군 생활을 마치고 전남대 의대 흉부외과에서 전공의 과정을 시작했다. 학부 졸업 후 바로 전공의로 근무하고 있는 후배들은 반짝반짝 빛을 내는데, 나는 4년 넘게 먼지가 쌓인 꼴이었다.

환자 진료며 의국 생활 등에 쉽게 익숙해지지 않았다. 무엇보다도 평온한 터전에 굴러 들어온 돌 취급이 견디기 힘들었다.

참고 기다렸다. 보고 들은 것을 삭이고 말하고 싶은 것을 삼켰다. 힘을 기르되 겉으로 드러내지 않았다. 의무는 정해진 것 이상을 하고 권리는 주어진 몫을 나누는 데 힘썼다.

나는 나를 믿었다. 나에게 없는 것을 있는 것처럼 꾸미거나 흉내 내는 것은 그저 처량할 뿐, 아무 것도 이루지 못하는 것 아닌가.

의국장이 되면서 상하上下 관계를 원만하게 조율하고, 다른 과科와의 협력 관계를 이끌어 냈다.

근무는 힘들었다. 하루에 한 기흉 환자를 열 번도 넘게 시술했는가 하면, 꼬박 3일 동안 한숨도 자지 않고 수술한 적도 있었다.

수술할 때 최소 15명 의료진이 조화를 이루게 하고, 수술 일정 등을 조정하고, 근무자를 배치하고, 예산을 집행하는 등 의국 생활 4년은 태산을 지고 살얼음판 위를 걷는

박사 학위 수여식 때 다섯 누나와 함께

형국이었다.

그러나 나는 알고 있었다. 가치 있는 그 어떤 것도 그냥 주어지지 않는다는 것, 고난 뒤에는 반드시 합당한 보상이 주어진다는 것 말이다.

혹독하다고 표현할 수밖에 없는 전공의 생활 4년은, 그

후 짧은 취업 때는 물론이고 삼십 하고도 수 년 개원의 생활, 그리고 현재까지 스스로를 관리하는 데 큰 힘과 밝은 가르침이 됐다.

꽉 짜인 진료 시간표에서 쥐어짜듯 시간을 내 전문의 시험에 대비했다. 전문의 시험용 전공 교재만 150여 권, 보고 또 봤지만 익숙한 노래를 끝없이 반복하는 느낌에 지쳐갔다. 잔뜩 쌓아 놓은 것 같기는 한데, 실마리를 찾지 못해 풀 수 없는 느낌이었다.

전문의 시험 준비를 하며 '뭔가 해야 할 텐데……' 하는 초조한 생각 때문에 더 그랬을 것이다. 그러다가 문득, 불쑥 내밀어진 것처럼 3D 초음파가 떠올랐다. 초음파가 막 국내 의학계에 소개된 참이었다.

정신없이 초음파 관련 서적을 찾아 읽었다. 번거로우면서도 정확하지 않던 기존 진단 방법을 개선할 수 있는 획기적 진단법이라는 확신이 들었다.

전문의 필기시험 다음에 열리는 ORAL TEST는, 열다섯 시험관들이 둘러앉은 시험장 분위기 자체로 시험이며 난관이었다. 그들은 손꼽히는 교수며 의사, 최고의 전문가들이지 않은가. 심호흡을 하고 의자에 앉았다. 그 순간 내 기억의 최초부터 지금 이 자리까지가 한꺼번에 떠올랐다가 사라졌다.

허리를 펴고는 방에 들어갈 수도 없었던 지독한 가난, 어려운 대학 진학 결정, 매번 전쟁 같았던 등록금 마련, 꼬박 72시간 동안 한숨도 자지 못했던 시험공부, 꼭 그만큼 자리를 뜨지도 못하고 근무해야 했던 일 등이, 시간과 공간을 함께 버무린 덩어리처럼 머리와 가슴에 박히는 것 같았다.

첫 화면이 떴다. 초음파. 머리에 얽혔던 실타래가 술술 풀리는 것처럼 말이 흘러나왔다. 다음 화면, 또 초음파. 가슴에 뭉쳤던 덩어리가 척척 껍질을 벗는 것같이 해석과 설명이 쏟아져 나왔다. 나 스스로도 내가 놀라웠다. 한 시험관이 감탄하듯 말했다.

"공부 많이 했네!"

우연히 맞아떨어진 것이기도 했다. 운이 좋은 것이었다.

“해냈다!”

나는 나에게 기회를 준 하늘에 진심으로 감사했다.

나의 인생에 날개를 달아 주었으므로…….

나는 드디어 전문의가 되었다. 1985년 2월 1일, 흉부외과 전문의로 근무를 시작했다.

남의 일 나의 일

나는 전문의 자격을 취득한 뒤 1985년 2월 1일부터 남광병원 흉부외과 과장으로 근무하기 시작했다. 의학 공부만 11년, 이제야 전문성을 갖춘 한 의사로서 제 몫을 하게 된 것이다.

어렵고 힘들고 괴롭기까지 한 나날이었다. 그러나 막상 환자의 건강과 생명을 담당하는 의사로서 '독자적' 역할을 하게 되니, 그 과정이 당연하며 꼭 필요하고 따라서 감사해야 하는 것이라고 절감할 수 있었다. 혹독한 담금질을 견디지 않고는 좋은 쇠가 만들어지지 않으며, 모진 망치질을 이겨내지 않고는 잘 드는 칼이 나오지 않는다는 것을 깨달은 것이다.

남광병원 근무는 시작부터 쉽지 않았다. 우선 흉부외과가 개설돼 있지 않았다. 정부의 자금 지원 약속을 믿고 이사회에 안건을 상정했으나 (흉부외과 개설 안은) 부결되고 말았다.

당시 전남 의료계를 쥐락펴락하던 이사들을 만나, 배수진背水陣을 쳤다는 각오로 설득한 끝에 결의를 변경해 개설하게 됐다. 흉부외과를 개설한 종합병원이 드물던 시절에, 실제로 물러설 자리가 없었던 것이다.

근무 시작 후에도 우여곡절은 끊이지 않았다. 흉부외과 개설과 나를 과장으로 발탁한 것과 관련해 이사장과 원장의 갈등이 있었고 결국 원장이 사퇴했다. 그 직후 이사장이 별세했다. 병원 경영은 쉽사리 안정되지 않을 것 같았다.

나는 진료와 흉부외과 활성화에 힘썼다. 응급실을 맡으면서는 합리적 절차를 도입해 정착시켰고, 나아가 병원 경영진과 의사들 관계를 정립하는 데도 힘을 보탰다.

그러나 1985년 가을 공중보건의 채용 계획을 알게 됐다. 영리를 목적으로 하는 경영진으로서야 인건비를 줄이는 것은 당연하고 시급히 해결해야 할 사안이었을 것이다.

나는 준비를 시작했다. 의료 지식이 뛰어난 의사가, 좋은 장비를 갖추고, 환자의 건강을 위한다는 마음가짐을 갖고 있어도, 완벽한 진료가 되지는 않는다는 것을 배웠다. 병원이라는 기관도 조직으로서 존립하기 위해서는, 해결해야 할 것이 많다는 것을 깨우쳤던 것이다.

나는 그해 12월부터 병원 건축을 시작했다. 남의 일에서 벗어나 내 일을 시작하려는 것이었다.

왕도王道는 없다 정도正道가 있다

1986년 6월 7일, <기노석흉부외과>를 개원하고 진료를 시작했다. 연건평 450평, 5층, 병실 40여 개 규모였다. 환자들이 몰렸다. 흉부외과가 드물었던 데다 자상하다고 소문난 덕이 컸던 것 같다.

이후에는 어떻게 시간이 가고 어떻게 세월이 지나는지

정신을 차리기도 어렵게 바빴다. 하루에 서너 시간 자고, 일주일에 일요일 오후만 쉬었다. 입원 환자에 문제가 생기거나 응급 환자가 내원하면 그나마도 없던 일이 됐다.

부지런히 뛴 덕분에 가계家計에는 여유가 생겼다. 3년 만에 건축비로 쓴 은행 대출금을 모두 갚았다. 바쁜 중에도 투자 등 자금 운용에 관심이 생겼다. 마침 서울올림픽을 전후한 부동산 열풍이 거셌던 때였다.

부동산 관련 서적을 탐독하며 공부를 시작했다. 어느 정도 안목이 생겼다고 자신하게 된 다음 투자를 시작했다. 큰 손해 보지 않고 튼실하게 이익을 남겼다. 불로소득이었다. 그러나 그때는 그것이 전부인 줄 알았다.

다른 분야 투자도 이뤄졌다. 자동차매매상사를 인수했고 사우나 건물을 사기도 했다. 그리고 2006년에는 자의반自意半 타의반他意半으로 상조相助 사업을 시작해 현재까지 운영하고 있다.

항상 탄탄한 꽃길만 간 것은 아니었다. 내가 한 일이나 내 뜻과는 전혀 상관없는 일도 벌어지는 것이 세상이었다.

병원 개원 20주년 기념
병원에 근무했었던 직원들과 함께

2015년 5월 말 병원 문을 닫을 때까지, 몇 차례에 걸쳐 검찰 조사와 세무 조사를 받았다. 모두 무혐의 처분되기는 했지만, 인심人心을 가리고 세태世態를 살펴야 한다는 쓰디쓴 교훈을 얻었다.

어떤 사람들은 법이라는 기초를 무시하면서, 인간적인 정情을 들먹이고 심지어 폭력에 의지하기도 했다. 편법을 동원하고 불법을 저지르며 탈법을 쓰는 경우도 있었다.

그러나 잠시 그런 것이 통용되고 효과를 발휘하기도 하지만, 결국 돌이킬 수 없는 파국으로 이어진다는 것을 나는 확실하게 배웠다.

나는 다툼이 있을 때마다 전적으로 법에 의지했다.

그 법이 지켜진 다음 윤리와 도덕에 어긋나지 않기를 다짐했고, 한 걸음 더 나아가 내 양심에 충실하려고 노력했다. 그것이 효과적이었다. 어쩌면 그것이 더 빠른 길일 것이다.

세상 어디에 힘들거나 어렵거나 괴롭지 않고, 그냥 주어지는 왕도王道가 있겠는가. 오직 하늘을 우러르고 땅을 굽어보며 사람을 바로 대하는 길 정도正道가 있을 뿐이다.

삶의 완성을 위하여

2006년, 상조 사업을 시작했다. 우연이 겹친 것인지 때가 돼 필연이 드러난 것인지 모르겠다.

우연히 한 사람이 상조 사업을 해 보자고 제안했다. 울산을 방문했을 때 그 지역 의사에게서 상조와 관련한 이야기를 듣고 '이 분야에서도 지역 격차가 있구나' 생각했다.

회사에서 강연중인 필자

또 다른 지역에서는 그 업계의 구체적인 현황을 들을 수 있었다. 다 우연이었다.

줄곧 갈증이 있었다. 1980년 5월의 그 끔찍한 일 때문에 생긴 지역의 상처는 스러지기는커녕 날이 갈수록 커지고 깊어졌다. 나만 그런 것이 아니고 이웃들 모두가 그랬다. 다들 웅크리고 침묵하고 숨어 있었다.

어떻게든 그 응어리를 풀고 벌떡 일어나 기지개를 켜고 당당하게 밝은 곳으로 나가고 싶었다. 나 혼자만의 무사無事에 만족하고 안락安樂을 즐길 수만은 없다는 생각에 목이 탔다. 스스로를 위해, 내 주변의 더 많은 스스로를 위해 어떤 것이건 해야 했던 것이다.

그래서 필연이었다.

병원 건물 지하에 사무실을 차렸다. 창고와 별로 다르지 않은 공간에서 일하고 밥 먹고 쉬고 자기도 했다. 뭔가에 홀린 듯, 어떤 것에 미친 것 같았다. 만나는 사람 누구에게나 "우리 지역 일만이라도 우리가 하자!"고 호소했다.

어려움이 있었다. 괴로움은 더 컸고, 아픔은 더욱 깊이 파고들었다. 의사이면서 '하던 일이나 잘할 것이지!' 라는 말과 시각은 정말이지 견디기 힘들었다. 그러나 멈추지 않고, 한 걸음이라도 앞을 향해 나아갔다. 어려움은 해결하고, 괴로움은 뛰어넘고, 아픔은 견뎠다.

회사는 안정되기 시작했다. 상조업계 자체의 문제점이 사회적 이슈가 되기도 했지만, 오히려 발전의 계기로 삼

병원을 닫고 의료 생활을 마감하며

았다. 사업 전 과정에 걸쳐 철저하게 법규를 준수하고, 어떤 사안이건 고객 위주로 처리했다.

옳고 바른 것(正當)을 유일한 행동 기준이자 성공 목표로 삼았다.

2015년 5월 말 병원 문을 닫고 상조업에 전념하기로 했다. 병원 건물 전체를 새로 꾸몄다. 사무실, 교육장부터

휴식 공간까지 제대로 면모를 갖춘 것이다.

2011년 동료 직원들에게 '100만 장자 100명' 계획을 제시했다. 100만 달러니 우리 돈으로는 약 10억 원이다. 그 계획은 공감을 얻고 지금 성과로 이어지고 있다.

상조업에 대해, 법령은 강화되고 규제는 치밀해지고 있다. 빠르게 성장하던 여러 업체들이 도산했다. 당분간 구조조정이나 인수합병 등 업계 전체가 총체적 변화를 겪을 수밖에 없는 상황이다.

그러나 금호라이프 - 2017년부터 회사명을 '(주)금호상조'에서 '(주)금호라이프'로 바꿨다 - 는 흔들리지도 쉬지도 멈추지도 않는다. 크루즈 사업과 태양광 사업에 진출하는 등 사업 영역을 다변화하면서 회사 체질을 강화하는 데 주력하고 있다. 그릇을 흔들리지 않게 하고 차츰 키워 나가면, 위기를 견뎌 낸 보상이 달콤하고 크게 주어질 것을 믿기 때문이다.

장벽이 닥치면 디딤돌로 삼고, 큰물에 막히면 배를 띄워 넘는다. 이렇게 해 나갈 뿐이다. 옳은 자세와 바른 태도를 지켜 가면서 말이다.

문득 생각한다.

'상조相助'를 시작하게 된 근본 원인이 따로 있지는 않았을까? 병을 치료하는 의업醫業도, 상례喪禮를 포함한 우리네 여러 의식도 결국 사람의 일, 삶에 관한 것은 아닐까?

우리는 온전하게 만들어지지 않았으므로 서로 도울 수밖에 없다는 느낌 혹은 깨우침, 그래서 이 일을 하고 있는 것은 아닐까? 삶을 완성하기 위해서 말이다!

아는 것 좋아하는 것 즐기는 것

바둑

중학교 2학년 무렵 바둑을 배웠다. 누구에게 배웠는지는 기억이 뚜렷하지 않다. 그때 자주 상대가 됐던 친구와는 지금도 서로 바둑을 가르쳐 줬다고 우기기도 한다. 한 수 무르듯 그때로 돌아갈 수 없을 바에야 그리 중요할 것

같지는 않다.

고등학교 때는 공책에 줄을 쳐 바둑판을 만들고는 바둑을 뒀다. 기력棋力은 7급 정도였던 것 같은데 도통 늘지 않았다. 누군가 책을 봐야 그 침체 상태를 벗어날 수 있다고 알려줘 어렵사리 책을 구해 열심히 봤다. 당시에는 바둑책이 흔하지 않아서 전문 서적 탐독은 비슷한 실력을 가진 사람들을 뛰어넘는 데 큰 도움이 됐던 것 같다.

사실은 바둑책을 사서 볼 용돈의 여유도 없었거니와 바둑책을 본다는 사실을 아버지께 들키게 되면 한바탕 큰 소동이 날 게 뻔했기 때문에 어렵게 구했다는 것이다.

별로 취미라고 할 만한 것이 없던 때였던 만큼 바둑은 대학에 가서도 중요한 즐길 거리였다. 주변에 경쟁할 만한 실력자가 많지 않아 자존감을 충족시킬 수 있었던 것도 큰 요인이었을 것이다. 예과 2학년 때 바둑 시합이 있을 때까지는 말이다.

예과 재학생들 바둑 시합에서 초반 탈락했다. 바둑이

아마추어 강 1급 수준의 기력. 이제는 반전무인盤前無人으로 즐기는 정도

점점 심드렁해지고 있기는 했지만 의외의 결과였다. 다들 한 수 접어 줘도 될 만한 상대라고 생각했는데 말이다. 썩 기분이 좋지 않았는데 더 놀라운 일이 벌어졌다. 대학에 와서야 나한테 바둑을 배운 친구가 우승한 것이다.

지금이야 특정 분야에 탁월한 능력을 발휘하는 사람이 있다는 것을 납득하지만, 당시에는 어떤 것에서건 자신을 뛰어넘는 누군가를 상상해 보지도 않았으니 그 충격은 적지 않았다.

나는 그 뒤로 바둑을 두지 않았다. 사실 그때 이후 바둑판을 놓고 차분히 앉을 만한 시간도, 마음의 여유도 없었다. 같이 둘 만한 상대도 없었다. 병원을 차리고 여러 모로 여유가 생긴 다음, 인터넷에서 바둑을 둘 수 있다는 것을 알았다. 시간도 상대도 마음껏 정할 수 있어서 좋았다.

얼굴을 마주하지 못하는 데서 오는 생경함과 상대방의 무례를 견딜 만큼 강한 신경이 있어야겠지만, 또한 그럴 수 있으려니 하고 생각하며 넘긴다.

지금 기력은 아마 강強 1급 정도일 것이다. 1급도 수준이 하늘과 땅만큼 큰 차이가 있지만, 1급으로 둬서 지면 어떻고 이기면 또 무엇이겠는가. 이제는 반전무인盤前無人으로 그저 바둑을 즐길 만해진 것이다.

기수련氣修鍊

대학 1학년 중반 무렵 국선도 수련을 시작했다. 5년 선배 한 분을 만나 기氣의 존재와 수련을 통해 기를 강화하고 운용할 수 있다는 것을 알게 됐다.

우선 신기했다. 당시 유행했던 무협소설이며 막 소개되기 시작한 홍콩 무협영화에나 등장하는 허황된 가공물로 알고 있던 것이 실재하다니, 신세계가 열리는 기분이었다. 특히 그 선배는 차력술借力術의 뛰어난 실력자로 널리 알려져 있던 분이라 실제 시범을 보일 때는 놀라움을 금할 수 없었다.

그러나 수련은 어렵고 또한 지루했다. 결정적으로는 관련 내용을 개괄할 만한 자료가 너무 부족했다. 앞서 바둑을 배울 때는 책을 통해서 고비를 넘을 수 있었다. 그런데 국선도를 수련하면서는 의문이 생긴 점이나 막연한 것을 해결해 줄 만한 책은 물론이고 인쇄물 하나 변변히 없었던 것이다.

뜬구름 잡는 듯 선문답禪問答 같은 이야기나, 해 보면 알게 된다는 식의 설명은, 의문을 의심이 되게 하고 회의를 실망으로 이끌 뿐이었다.

그리고 수업과 시험이 있었다. 몸을 쪼개 써야 하지 않을까 싶게 바빴다. 여유를 찾기 위해 수련해야 한다고들 했지만, 그런 여유를 가지려는 생각을 한다는 것 자체가 시간 낭비라고 생각했다.

수련을 그쳤다. 그만 둔 것은 아니고, 쉬었다고 해야 맞을 것 같다. 짧게는 3개월 수련한 다음 6개월 정도 쉬고, 다시 시작하는 식이었다. 병원을 열고 나서도 한참 동안 그런 식이었다. 관련 책자가 많아지고 정보도 넘쳐나면서 전반적인 것이 눈에 들어왔다.

지금은 수련하지 않는다. 눈에 보이지도 손에 잡히지도 않는 기를 느끼고 축적하고 활용한다는 것이 낯설고 어렵게 느껴진다. 알기도 어렵고 좋아하기도 힘들다는 것이니 어찌 즐길 수 있겠는가 말이다.

검도

1990년대 중반쯤 검도 수련을 시작했다. 간헐적으로 기

수련을 했던 영향일 수도 있고 병원 부근에 도장道場이 있었던 것이 계기가 됐을 수도 있다. 2년여 열심히 수련했다. 어떤 것을 배우건 그런 것처럼, 당시 출판돼 있었던 검도 관련 책을 모두 구해 열심히 읽었다.

책이 그리 많지는 않았다. 그나마 대부분이 일본 책 번역본이었다. 그러나 사범이 주먹구구식으로 대충, 동작 시범을 통해 알려 주는 것 정도로는 납득하거나 이해하기 어려웠던 것을 깨닫는 데 큰 도움이 됐다.

지금도 보법步法을 취할 때 좌우 발의 힘 배분을 어떻게 해야 하는지 질문했을 때의 사범의 표정이 떠오른다. 자신조차 한 번도 들은 적도 생각해 본 일도 없는 것이었을 테니 당황하는 것이 이해가 가기는 한다.

검도 수련 중 있었던 일 가운데 오래 기억되는 것이 있다. 당시 국내에서 1위 자리를 다투던 전문 검사劍士가 있었는데, 한 번은 속 깊은 이야기를 털어놓은 것이었다. 그는 누가 봐도 성실하고 열심히 수련하는 사람이었다. 자신도 철저하게 스스로를 관리하며 실력을 갈고 기량을 닦는다고 자신했다.

그런데 그는 대개 2등이었다. 특히 주요 전국 대회에서는 어김없이 그를 이기는 선수가 있었다.

그리고 미칠 일이, 그 자신을 이기고 우승하는 실력자는 평소에 전혀 수련도 노력도 하지 않다가 시합이 있기 전 한두 달 정도만 반짝 준비한다는 것이었다.

그는 이 이야기를 하면서 깊이 탄식했다. 타고난 재능이라는 것이 있더라고 쓴웃음을 지었다. 천재天才 말이다.

1990년대 중반 검도 수련을 시작, 2년여 지나 2단 승단 심사를 끝으로 수련을 마쳤다.

누구나 미야모도 무사시(宮本武藏) 같은 천재가 될 수는 없고 그럴 필요도 없다. 천재는 한편으로 돌연변이거나 비정상 혹은 기형畸形 아닐까?

그가 노력하는 것, 수련이나 다른 일에 성실하게 임하는 것 자체로 소중한 것이리라. 그 결과 따위 뭐 그리 중요하겠는가 말이다.

2년 정도 수련하고 나니, 검도의 전모가 대강 보이는 것 같았다.

사범과 대련한 기억 중에 잊지 못하는 일이 있다. 줄곧 20대를 얻어맞다 딱 한 번 그를 때릴 수 있었다. 아마 일부러 맞아 줬을 것이다.

윗사람 대접이었든 고객 관리 차원이었든 아무려면 또 어떤가. 죽도를 맞대고 겨루고 숨을 나누면서 교감한 것으로 족하지 않겠는가!

그와 겨뤄 본 후, 2단 승단 심사를 끝으로 검도 수련을 마쳤다.

골프

병원을 열고 5년 뒤 골프를 시작했다. 당시 막 골프 열풍이 시작되는 참이었고, 한편으로는 신분의 상징처럼 여겨지기도 했다. 꽉 막히고 꼭 붙들려 있는 것 같은 일상에서 벗어나, 탁 트인 넓은 곳을 여유롭게 거닐 수 있다는 데 나는 더 끌렸던 것 같다.

그러나 누가 뭐래도 골프의 매력은 '내기'에 있는 것 아닐까? 실정법에도 걸리는 도박이 아니라 저녁내기, 술사기 등 내기라도 걸려야 승부욕이 생기고 경기 자체에 집중하게 되기 때문이다.

골프를 시작한 지 얼마 지나지 않아 친구들과 경기를 했다. 초보자로서 또 친구로서 무엇보다도 품위를 지키는 신사로서 규정에 맞게 열심히 진지하게 경기했다.

그런데 한 번은 엄청난 참패를 당했다.

승부, 특히 그것에 내기가 걸리게 되면, 단순히 승패만 갈리는 것이 아니다. 물질적 손해야 별일이 아니고, 좀 모자란 것 아닌가 하는 자괴감自愧感도 운運도 없다는 절망감에도 시달리게 된다.

책방에 가서 골프 관련 책을 샀다. 전부 50권이었다.

시간만 나면 아니, 날을 지새우는 것처럼 시간을 만들어서라도, 사 온 책을 다 독파讀破했다.

또 병원 근무와 독서를 제외한 모든 시간을, 이론을 확인하고 검증하는 '실습'에 쏟아 부었다.

그 동안 아예 골프장에는 가지 않았다. 책으로 배우고 연습장에서 익혔다. 어떤 것에건 익숙하지 않은 것을 견딜 수 없었다. 그것을 그냥 받아들이지 않아야 했다.

그리고 골프가 내 몸에서 실현되는 것을 느끼게 됐다. 이론대로 실행할 수 있으며, 이상이 현실이 되는 것처럼 말이다. 혹은 체득體得이라고 할까?

막 운전을 배울 때는 왼발로 클러치 밟고, 기어 넣고 왼발 떼고, 오른발로 가속기 밟고, 후면경은 볼 생각도 못하고 그 모든 것을 생각하고 동작으로 옮기다가, 익숙해진 다음에는 상황과 여건에 따라 자연스럽게 적응하게 되는 것과 비슷하다고 할까?

그 느낌을 가진 후 처음 경기에서 크게 이겼다. 골프를 시작하고 채 일 년이 지나지 않아 싱글이 됐다. 골프가 한눈에 들어왔다. 승부는 중요하지 않다. 거의 뜻대로 조정할 수 있게 됐다. 다른 취미나 즐길 거리처럼 떠날 때가 된 것이다.

그러나 아직 골프를 한다. 사람들과 함께하기 때문이다. 이유는 그것 하나뿐이다. 일행이 한 목적지를 향해 간다. 그 과정에 많은 일이 벌어지고 여러 이야기를 하게 된다. 결국 함께 목표에 도달한다.

충분하지 않은가. 경기에 이기기 위해서가 아니고, 기량을 완성하기 위해서는 더욱 아니다. 누군가와 동반하여 동일한 목표를 지향한다는 것, 시간을 쪼개고, 채비差備를 마친 다음 떨쳐 일어나 들판에 나갈 만한 값, 충분하지 않은가 말이다.

가정교육은 모범이 되어
보여 주는 것이다.
그것도 피교육생이 느끼도록
평생을 보여 주어야 한다.
보여 주는 것은 평생의 화두를
두고두고 생각할 수 있는 꺼리를
던지는 일이다.
요즈음 그 화두로 말미암아 느끼며
또 깨닫는 경우가 많아졌다.
선친 생각이 더욱 간절하다

II

건친 생각

뒤통수에 주먹총
맞을 짓하지 마라

1969년 늦은 가을 언제 쯤.

유난히 빨리 닥친 추위가 초겨울 매운 맛을 내고 있었다. 그 무렵이면 우리 집에서는 경옥고瓊玉膏 만들 준비를 시작해야 했다.

쌩고롬한 공기에 눈발이 날리는 어느 날, 덜덜 떨면서

학교에서 집에 돌아오니 일감을 산더미처럼 쌓아 놓고 어머니 혼자서 그 일을 하고 계셨다. 그 추위에 방 밖에서. 눈물이 핑 돌았다.

일이란 생지황을 찧어 즙을 내는 것이었다. 생지황 즙을 내려면 우선 깨끗이 씻어서 말려야 한다. 어머니는 그것까지는 마치시고 막 찧는 작업을 시작하시려는 참이었다.

경옥고는 생지황 즙에 인삼 · 복령(백복령이 좋다)을 비롯해서 기타 몇 가지 한약재 가루를 꿀과 섞은 다음 중탕을 내서 만든다. 그 첫 작업이 생지황 즙을 내는 일이다.

일일이 생지황을 갈고 찧고 짜서 즙을 만드는 일은, 어지간한 사람은 엄두도 못 낼 만큼 힘들었다. 더구나 추울 때는 손이 시리고 아릴 지경인데, 눈발 날리는 한데서 어머니 혼자 그 일을 하고 계셨던 것이다.

그러나 어머니를 향한 연민憐憫의 정情은 잠깐이었다. 어머니가 말씀하셨다.

"나는 해야 할 일이 있으니, 이것은 네가 하거라!"

'예?!'

곧바로 불만과 거부와 반항의 볼멘소리가 입 밖으로 나오려는데 차가운 물 때문에 곱은 어머니의 손과 시퍼렇게 질린 어머니의 얼굴을 보고서는 그 반항적 대답은 저절로 목구멍 뒤편으로 숨어들고 말았다.

그날은 제삿날이었다. 어머니는 부엌에서 제사 준비를 시작하셔야 했다. 부엌이래야 한 평 남짓했고, 그나마 바닥은 맨흙이었다. 연탄아궁이, 찬장 하나 그리고 연탄 몇 장이 전부였다.

그러니 제사 음식을 놓아 둘 만한 공간이 없어, 만든 족족 방으로 옮겨 둘 수밖에 없었다. 방이라고 넓은 것도 아니었으니 미리 제사상을 펴 놓고 바로 진설陳設하는 식이었다.

통상 도우러 오던 시집 간 누나들도 그 해 따라 오지 않았다. 작은댁에서 작은아버지와 작은어머니가 오셨는데,

초겨울 해가 일찍 떨어지는 데다 작은댁이 멀리 시골에 있었기에 저녁 식사 시간이 한참 지난 뒤에야 도착하셨다.

아버지가 축문祝文과 지방紙榜을 쓰신다고, 먹을 갈아라 한지를 내 오너라 하신 다음 "내년부터는 축과 지방을 네가 쓰거라" 하셨다.

그리고는 "진설은 바로 올해부터 네가 해라!" 하시는 것 아닌가!

진설? 매번 홍동백서紅東白西 동두서미東頭西尾 조율이시棗栗李柿 등등 말씀을 하셨어도, 별로 관심이 없어 한 귀로 듣고 한 귀로 흘려 버렸던 터라, 전혀 머리에 남아 있는 것이 없는데 당장 직접 하라니!

어찌어찌 이 말씀 저 꾸중 들어가며 진설을 하기는 했다. 그런데, 아이구야!

할아버지 영정 사진을 장롱에서 꺼내 모시지도 않은 채, 장롱 문에 바짝 붙여 제사상을 차린 것 아닌가! 국(갱羹)

그릇 등은 다 내리고 상을 들어 옮긴 후 겨우 영정 사진을 꺼내 모시고 다시 진설했다.

거기까지만 해도 극도로 피곤했다. 더더구나 어머니는 낮에 경옥고 준비하느라 추위에 찬 물에 손이 곱을 지경이셨고, 또 제사 음식 준비에 진설까지 거드시느라 줄곧 요란 야단법석이었으니, 제사가 시작되기도 전에 졸고 계실 정도였다.

나라고 편하고 쉬운 일은 아니었다.

추위에 떨며 수업을 받았고, 집에 와서는 생지황 즙을 짠다고 힘을 썼으며, 제사 음식 옮기고 진설하느라 진이 빠졌다. 견디기 어렵게 피곤했다.

음식 옮기고 진설하는 것이 뭐 그리 힘드냐고? 한 번 돌이켜 볼까?

1. 음식이 준비되면 부엌에서 턱이 있는 부엌문을 지나 마당으로 나간다.
2. 마루에 음식을 내려놓는다.

3. 마당에서 마루 위로 올라간다.(당연히 신발을 벗는다)
4. 방문을 연다.
5. 내려놓은 음식을 들고 방으로 들어간다.
6. 음식을 내려놓고 방문을 닫는다.
7. 진설한다.(혹시 음식을 흘리거나 이미 진설해 놓은 음식과 부딪히지 않도록 극도로 조심해야 한다)

피곤하지 않았겠는가? 지금도 피곤해질 것 같다.

하여튼 밤 11시 경 모든 준비가 완료됐다. 그러나 아버지는 12시에 제사를 시작하겠다며 자리에 누워 버리셨다. 원래 제사가 그 무엇보다 중요하기 때문에, 제사란 그 날이 시작되자마자 첫 번째 일로 하는 것이며, 깨끗한 몸과 마음으로 정성을 다해야 한다고 말씀하시면서 말이다.

어머니와 나는 하루 중 처음인 자시子時는 밤 11시부터 아니냐고 항변했지만 소용없었다. 작은아버지와 작은어머니는 다른 일이 있다며 일찌감치 돌아가셨다. 하기야 계시려고 해도 어디 발 뻗을 자리도 없기는 했다.

아무튼 어찌어찌 제사를 지내고, "음복飮福!"이라는 가장 반가운 아버님 말씀을 끝으로 제사를 마쳤다.

음복이라……, 제사 지낸 음식이나 술을 후손 등 제사에 참례한 사람들이 나눠 먹는 것이다. 저녁 식사 후 한참 지난 때라 고파진 배를 채운다는 것이 좋았지만, 실제로는 그 힘든 행사가 '이제 끝났구나!' 하는 안도감이 더 크고 반가웠다.

그러나 그날 우리 일은 제사를 마친 것으로 끝나지 않았다. 우선 식구들이 먹을 음복상을 차려야 했고 음복을 마친 다음에는 그 상을 치워야 했던 것이다. 진설했던 것만큼, 아니 그 이상 힘들고 어려운 일이 남아 있는 셈이었다.

누구 하나 그 일을 대신해 줄 사람이 없었다. 결국 어머니와 내 일이었다.

그래도 먹을 때는 좋았다. 잔뜩 먹고 나니 배가 부르고 하루 동안의 모든 피로가 한꺼번에 밀려 왔다. 엄청 졸렸다. 틀림없이 어머니도 무척 피곤하셨을 것이다.

그리고 아버지라고 그러지 않으셨겠는가! 아버지는 음복 상을 물리자마자 졸리시다며 아랫목(당시 연탄아궁이 난방이어서 겨우 한 사람 누울 수 있는 자리 정도만 따뜻했다)에서 벽을 보고 누우셨다. 그리고는 이내 드르렁드르렁 코를 골기 시작했다. 잠들어 버리신 것이다.

'아, 이 상은 또 언제 다 치울까?'

상을 치워야 잠을 잘 수 있는 것이다. 바로 그곳에 이부자리를 펴야 하기 때문이다. 야속하기도 하고 얄밉기도 하다는 생각이 들 바로 그때!

어머니가 아버지의 뒤통수를 향해 주먹 쥔 손을 내뻗으며 한 마디 내뱉으셨다.

"으이그!"

그런 다음 나를 향해 한 말씀 더 보태셨다.

"너는 커서 어른이 되거든, 뒤통수에 주먹총 맞을 짓하지 마라!"

'어머니, 저 다 컸는데요!'

하루의 힘든 일을 견딜 만큼, 어머니를 이해할 만큼, 나는 성장해 있었다. 그러나 그 말을 입 밖에 내지는 못했다.

초겨울 거센 바람에 이는 문풍지 소리만이 내 말을 대신하고 있었다.

엄마~ 물!

나는 위로 누나가 다섯 있다. 아들은 나 하나, 그래서 6남매다.

큰누나는 내가 다섯 살 때 시집갔으니 별 기억이 없다. 부모님이나 다른 누나들이 들려주는 말, 그리고 몇 장 남지 않은 사진 등을 통해 어렴풋한 기억을 더듬고 짐작이나 할 뿐이다.

호랑이보다 무서웠던 아버지는 사업 실패를 만회(?)하기 위해 나가 계시는 경우가 많았다. 우리에게는 조금이나마 '자유'가 생기는 때였다.

그렇게 아버지가 출타하셨던 어느 날, 우리 다섯 남매는 서로 아랫목을 차지하려 애쓰며 만화책을 탐독하고 있었다. 엎드려서, 누워서, 팔괴고 옆으로 등 세상에서 제일 편한 자세를 찾는 것 같기도 했다.

만화 가게에 가서 보는 것보다는 빌려다가 집에서 보는 것이 훨씬 이점利點이 많았다. 최소한 다섯 명이 볼 수 있을 뿐 아니라 어른이 다 된 둘째누나가 만화 가게에 갈 수는 없었기 때문이다.

특히 나에게 좋은 점은, 늘 공짜(?)로 만화를 본다는 것이었다. 내 돈으로 만화를 볼 형편도 아니었던 데다, 나는 빌려 오는 심부름만 하면 됐기 때문이다. 물론 완벽하게 좋기만 한 것은 아니었다. 가끔은 내가 좋아하는 만화를 포기해야 했으니까 말이다.

그날은 묘하게 서열 순으로 자리 잡게 됐고, 우리는 독서삼매경에 고구마까지 곁들여 더 이상 부럽거나 바랄 것 없는 시간을 즐기고 있었다.

한참 독서와 고구마를 즐기다 목이 메었는지, 서열이 가장 높은 둘째누나가 셋째누나에게 말했다.

"야, 물 좀 떠 온나!"

발로 툭툭 쳤는지 이불이 들썩거렸다.

이 말을 들은 셋째누나는 그러나 만화책에서 눈도 떼지 않고 말했다.

"그런 일은 넷째 니가 해라. 니 잘하잖아!"

이번에도 이불이 들썩거렸다.

그러나 넷째누나라고 순순히 말을 듣지는 않았다.

"응? 나 무지 바쁘거든. 마침 다섯째가 다 읽었네. 쉬는 시간에 일 좀 해라!"

다섯째에게 떠넘긴 것이다.

다섯째로 말하자면 우리 집에서 상당히 말발이 있었다.

필자의 선친과 어머니, 그리고 누나 가족들

우직하면서 공부도 잘하고, 상賞이란 상은 죄다 받아온 이유도 있지만, 무엇보다도 힘이 실린 것은 '터를 잘 팔아서' 그 귀한 아들(바로 나!)을 얻었다는 점 때문이었다. 당연히 부모님의 사랑을 듬뿍 받고 있었던 것이다.

정작 그 아들은 너무 감싸기만 하면 버릇이 나빠지니 귀한 자식일수록 험하게 키워야 한다는 속설俗說을 따른

듯 허드렛일이나 힘든 일을 많이 해야 했다.

그러니 누구에게 물심부름을 시켰는지 다 짐작하시리라. 다섯째누나가 툭툭 내 발을 치자 또 이불이 들썩거렸다.

"야, 니가 나가서 얼릉 물 떠 갖고 와라!"

아주 당연한 일 같았다.

나는 물을 떠왔을까? 그러나 나도 믿는 구석 하나는 있어야 하지 않겠는가!

"엄마~ 물!"

그리고 얼마 지나지 않아 부엌으로 통하는 문이 열리고 어머니가 얼굴을 쑥 들이미셨다.

"무~울?! 아니, 이것들이 하라는 공부는 안 하고 만화책이나 보면서 물까지 갖다 바치라고? 목마르면 퍼다 처먹든지 말든지 알아서 해! 하여튼 그 꼴이면 오늘 저녁밥은 없다. 알았지?"

그날 아무도 물을 뜨러 가지 않았다. 둘째누나가 물을 마셨는지는 모르겠다. 그리고 그 후로도 상당히 오랜 동안 나의 심부름은 계속됐다. 점점 "엄마!" 하고 부르지 않게 됐지만, 그날이 그렇게 그립다.

부르고 싶다.

금수저

나는 금수저를 가졌다. 그것도 쌍으로! 나는 사실 태어날 때부터 금수저를 물고 태어났다. 위로 누나가 다섯이나 되고 아들은 나 하나다. 금수저 맞지 않은가!

그러니 우리 집은 물론이고 일가친척, 그리고 동네에서도 매사에 한 수 접어 줄 수밖에!

아버님의 영향력도 큰 요인이었다. 아버님은 일제 강점기 때 서울 '경성법정대학'을 졸업하셨고, 경찰 간부로 근무하셨다.

시골(현재 광주 일곡지구 부근)에는 논과 밭이 50여 마지기, 광주에는 그럴싸한 집도 있었으니, 대부호大富豪는 아니라도 남부럽지 않게 생활하고 있었고, 그런 만큼 외동아들인 내가 금수저를 물고 있는 듯 극진한 대접을 받는 것은 당연한 일이었다.

아버지가 사업을 시작하시기 전까지는 말이다.

내 기억으로 초등 2학년 때였을까?
학교에 갔다 돌아왔는데, 어머님과 누나들이 울고 있었다. 그리고 잠시 뒤 집안을 한 바퀴 돌아보고 나오는 낯선 남자들 서너 명.

왠지 불길한 느낌이 들었다. 그리고 그 느낌은 정확했다. 그들은 집에 있는 가구 등 살림살이에 죄다 붉은 딱지를 붙여 놓았다. 그들이 법원에서 나온 사람들이며 딱지는 '차압' 한다는 의미라는 것을 나중에 알았다.

내가 그 의미를 정확히 알 리는 없었다. 단지 별로 좋지 않은 일이 벌어지고 있다는 것을 어렴풋이 느낄 뿐이었다.

나는 그 딱지들을 모두 떼 버렸다. 가만히 지켜보고만 있으면 마치 내 의무를 다하지 못하는 것이라는 생각 때문이었다. 그렇게 한다고 무슨 변화가 있었겠는가만 말이다.

그날 이후 우리 집은 내리막 한 길이었다.
무엇에 쫓기듯 이사를 했다. 그리고 그때마다 더 좋지 않은 집이었다. 자가自家에서 전세로, 전세에서 월세로, 월세에서 단칸방 사글세로 옮겨 다녔다.

그리고 마침내 네 평 남짓한 방 하나에서 일곱 식구가 생활하게 됐다. 큰누나가 시집간 까닭에 여덟이 아닌 것이 그나마 다행이었다.

그 좁은 방에서 식사와 수면은 물론이고 작업(둘째누나가 편물점을 하고 있었다)도 하고 드물기는 했지만 손님 접대

선친 회갑연 때 다섯 누나들.
제일 우측이 첫째누나이다.

까지 했다. 그뿐인가. 1년에 네 번 제사도 지냈던 것이다. 공간 활용이라는 면에서는 짝을 찾기 어려웠을 것이다.

그런 형편인데도 책상은 사주셨다. 아니, 그렇기 때문에 더 가르쳐야 한다고 생각하셨을 수도 있다. 그리고 그 책상 탓에 방은 결정적으로 더 좁아졌다.

낮에는 그럭저럭 생활했으나 문제는 잠을 자는 것이었다. 워낙 좁다 보니 머리를 같은 방향으로 하면 어깨가 겹쳐지지 않고는 아예 누울 수도 없었다. 결국 머리 발, 머리 발 하는 식으로 누워야 했던 것이다. 의자는 책상에 올려놓았는데도 말이다.

또 다른 문제가 여름이었다. 사람 체온이 그렇게 뜨거울 수 없었다. 살과 살이 닿으면 그야말로 불이었다.

그래서 손바닥만 한 마루로 나가 자기 일쑤였는데, 그것도 비가 오거나 바람이 많이 불면 잘 수 없었다. 비가 그대로 들이쳤기 때문이다. 그런데 신기하고 고맙게도 그런 날은 방에서도 부대끼며 잘 수 있었다. 기온이 좀 떨어져서 그랬으리라.

그래도 가을은 왔다. 여름의 끝자락에 선 입추를 전후해 후덥지근한 공기를 밀어젖히고 슬며시 들어오는 가을의 전령!

아, 이제 살게 되었구나!

새벽녘, 방문턱을 타고 넘은 그 시원한 공기의 맛은 정말이지 잊을 수 없다. 엄청 힘들게 버텨 온 여름의 그 고생을 한꺼번에 보상이라도 하듯 시원하게 다가오는 그 공기의 맛은 이 세상 그 무엇과도 바꿀 수 없는 것이었다.

겨울이라고 마냥 좋은 것만은 아니었다. 찬바람이 불기 시작하면 먼저 방문 맨 아래 창호지를 잘라냈다. 연탄가스 중독이 흔한 때였으니까.

바늘구멍에 황소바람이라고 했는데, 큰 구멍을 뚫어 놓았으니 겨울 찬바람이 발이 시릴 정도로 몰려 들어왔다.

우리에게도 대책은 있었다. 하루씩 교대로 머리 방향을 바꾸어 잔 것이다. 머리가 문 쪽을 향하는 날은 코끝이 시려 눈물이 나기 일쑤였지만 눈물을 닦을 수도 없었다.

왜? 눈물을 닦으면 이불이 들썩거리고, 같은 이불을 덮고 자던 다른 식구들이 잠을 깨기 때문이었다. 당연히 옆으로 돌아눕는다거나 뒤척일 수도 없었다.

취침 시간도 정해져 있었다. 밤 11시에 "소등消燈!" 하면 불을 끄고 "기상!" 하면 모두 일어나야 했다. 곤란한 것은 시험 공부였다. 공부한다고 불을 켜고 있을 상황이 아니었던 만큼 평소에 공부해 놓는 수밖에 없었다.

취침과 소등 시간에 예외가 있기는 했다. 바로 제삿날인데, 특별(?)히 그 다음날 새벽 3시까지 불을 켜 뒀다. 그런 날은 왜 그렇게 잠이 쏟아지던지!

우리 가족은 한 몸이 되지 않을 수 없었고 자연히 한마음이 됐다. 일심동체一心同體였던 것이다. 혼자 딴 마음을 먹거나 무슨 일을 할 수도 없었다. 그러니 특별히 서로 아끼고 사랑할 수밖에 없지 않았겠는가.

그리고 2016년 가을, 나는 금수저 선물을 받았다. 그것도 쌍으로!
광고인 한마당 체육대회를 기념하여 서울 김동주 친구가 해준 것이었다.

아내와 나는 그 금수저로 함께 밥을 먹으며 참으로 감사

평생의 반려를 만나다

해 했다. 금수저를 물게 해준 것에 대해서 말이다.

돌이켜 보면, 내 의도는 아니었지만 나는 분명 금수저를 물고 태어났다. 살면서 어쩌다가 고생도 많이 했고, 쉽고 편하게 갈 수 있는 길을 어렵게 돌아가기도 하며 힘겹게 이 자리까지 왔다.

내 인생의 끝은 아니지만, 이제 그 끝이 보이는 곳에 이르러 금수저로 밥을 먹고 있으니 감사하고 또 감사할 따름이다. 내 가족뿐 아니라 나를 아는 주위의 모든 분들에게 감사하다.

내용이냐 필체냐

중학 2학년 때였을 것이다.

하루는 공들여 공책 정리를 하고 있는데 아버님이 물끄러미 들여다보셨다.

아무 말씀 없이 아랫목으로 가시기에 바짝 긴장했던 것이 풀리려는 참인데, 아니나 다를까 "이리 와봐라"고 부르셨다.

"글씨 잘 쓰는구나" 하시는데 완전히 얼어붙고 말았다. 아버님은 나는 물론이고 누구라도 칭찬하는 일이 별로 없었기 때문이다. 적어도 나는 그때까지 기억으로 한 번도 칭찬받아 본 적이 없었다.

아버님이 내게 하신 말씀 대부분이 꾸중이나 나무람이었고 명령과 지시였다. 당신은 그것을 가르침이라고 생각하셨을 것이다.

아마 아버님한테는 어린 아들의 모든 것이 부족해 보였는지도 모르겠다. 내가 어려서 가르칠 것이 많았기 때문만이 아니라, 내 나이 때의 당신 모습과 비교해서도 그랬는지 모른다.

"예!"

엉거주춤 무릎을 꿇고 앉으면서 나는 어설프게 대답할 수밖에 없었다. 아버님이 또 무슨 일로 나무라실까 마음은 한껏 움츠러들었다.

"그래, 글씨 잘 쓰고 싶냐?"

또 예상 밖의 부드러운 말씀, 따뜻한 말씨셨다.

"예!?"

이번에는 놀람과 의문이 섞인 대답이었다. 내가 글씨를 잘못 쓴다고 돌려서 말씀하시는 것처럼 들렸다.

당시에는 정리한 공책을 빌리는 것이 흔했다. 요즘이야 바로 옆의 친구가 가장 무서운 경쟁자라니까 생각할 수 없는 일이겠지만, 그때야 아무 거리낌 없이 빌려오고 빌려줬던 것이다.

그러니 누가 정리를 잘했나부터 누가 글씨를 잘 썼는지까지 금방 소문(?)이 났다. 그리고 글씨 잘 쓰는 것이 정리는 물론이고 공부 잘하는 것보다 더 자랑인 분위기였다.

아마 친구들 누구나 만만치 않은 실력을 갖고 입학했고, 막 중학 공부를 시작한 터라 실력으로는 큰 차이가 없기

"첫째가 인격人格이요 둘째가 문장文章이며 필법筆法은 그 다음이다."
–추사秋史 김정희金正喜

때문이었을 것이다. 즉 며칠만 바짝 공부하면 그 달 시험 성적이 부쩍 올라가니 공부 잘한다는 것은 자랑거리가 될 수 없었던 것이다.

그러나 글씨는 달랐다. 아무리 노력하고 관심을 가져도 볼품없는 글씨가 있었다. 한글을 써 놓았는데 한자처럼 보이는 경우도 있고, 막 글씨를 배우는 것처럼 균형이 맞지 않고 획이 비뚤비뚤 틀어진 경우도 적지 않았다.

나는 잘 썼다. 특별히 잘 써야겠다고 생각한 적도, 따로 글씨 연습을 한 적도 없는데 그랬다. 타고난 것이라고 해야 할 것 같다.

그런데 친구들의 칭찬이나 감탄이 이어지면서 '좀 더' 잘 쓰고 싶은 생각이 들었던 것 같다. 따로 글씨 연습을 하지는 않더라도, 공책 정리를 할 때 더 정성 들이면 '작품'이 훨씬 나아졌으니까.

그런데 아버님한테 '들킨' 것이다. 나는 조심스럽게 "예" 하고 대답했다.

아버님은 고개를 끄덕이시더니 말씀하셨다.

"글씨보다는 내용이 중요하다. 보잘 것 없는 것을 아무리 명필名筆처럼 잘 쓴다고 그것을 어디에 쓰겠느냐. 네 속을 키우고 넓히고 깊게 하기를 힘써라."

그 말씀을 들을 때에는 무슨 뜻인지 헤아리지 못했다. 자세히 새길 경황이 없었고, 그럴 만한 지적 수준도 되지 않았던 것이다.

더구나 평소 아버님의 가르침을 받을 때처럼 바짝 긴장해 있었던 데다, 처음으로 칭찬까지 해주신 덕에 약간 붕 떠 있는 상태였으니 말이다.

그러나 아버님의 그 짤막한 말씀이 그 이후 내 삶에 결정적인 영향을 끼쳤다는 것을 최근에야 깨달았다. 이제야 아버님이 도달하셨던 경지를 조금 엿보게라도 됐다는 느낌과 함께 아버님에 대한 존경과 추모의 마음이 더욱 깊어졌다.

추사秋史 김정희金正喜에게 누군가 물었다.

"원교圓嶠 이광사李匡師의 글씨는 어떻습니까?"

추사가 답했다.

"첫째가 인격人格이요 둘째가 문장文章이며 필법筆法은 그 다음이다."

그렇다.

겉치레가 아니라 속내를 튼실하게 하자는 것, 어찌 깊이 새기고 오래 간직할 소중한 가르침이 아니겠는가!

단감은 왜 보물일까!

내가 일곱 살 때 살던 집은 비록 초가草家이긴 했지만 여러 모로 만족스러웠다.

우선 200평 정도로 뛰어 놀기에 충분할 만큼 넓었던 데다, 텃밭에 커다란 단감나무가 두 그루나 있었던 것이 큰 자랑거리였다.

단감나무는 당시 나에게는 든든한 버팀목, 즉 의지依支

가 됐다. 내 키의 다섯 배도 넘게, 높이 우뚝 서서, 하늘을 바라는 품이 마냥 기대도 좋을 것처럼 느껴졌던 것이다.

그 단감나무에 기대서서 뭔가를 바라면 꼭 이뤄질 것 같은 생각이 들기도 했다. 서낭당(성황당城隍堂)에 손을 비비며 기도하는 심정이랄까?

단감나무가 소중한 이유는 또 있었다. 동네에 땡감나무는 몇 그루 있었지만, 우리 집에만 단감나무가 두 그루나 있었던 것이다. 그게 무슨 대수냐고?

바로 같은 또래의 친구들 사이에서 단감이 무시무시한 무기(?)가 됐기 때문이다. 한여름을 넘긴 단감이 노르스름해질 때쯤이면, 개구쟁이들 태도가 바뀌기 시작한다. 마침내 단감이 익어 몇 개 따 갖고 나가기라도 하면, 내 어깨와 허리는 한껏 펴지고 동무들은 잔뜩 앞으로 숙이게 되는 것이다.

그러나 단감나무의 위력에도 굴곡屈曲이 있었다. 봄에 잎이 나고 조금 지나면 감꽃이 핀다. 당시 감꽃은 좋은 간

식거리가 되기도 했는데, 단감 꽃은 땡감에 비해 맛이 없었다. 더구나 땡감나무 수數가 더 많아서, 맛이나 물량 어느 면으로도 경쟁이 되지 않았던 것이다.

그러니 봄날 아침 땅에 잔뜩 깔린 감꽃이 지겹기까지 했다. 어머니가 '신의 손(神手)'이라고 할 만한 조화를 부리기 전까지는 말이다.

먹자니 별로 맛도 없고 버리자니 아까운 감꽃, 어머니는 아들의 고민을 꿰뚫어보셨다.
"그것이 그렇게 아깝냐?"

어머니는 실과 바늘을 가져오시더니 감꽃을 꿰어 팔찌와 목걸이를 만들어 주셨다. 시들어 탈색脫色돼 가던 감꽃이, 은은한 상아색으로 눈부시게 찬란한 보물이 되지 않았는가!

나는 땡감 꽃을 씹는 아이들을 비웃듯, 개선장군이 옥패玉佩를 찬 듯 어깨와 허리를 뒤로 젖히고 배를 내밀며 동네를 한 바퀴 돌았다. 동네 친구들은 줄레줄레 내 뒤를 따랐다.

나는 감나무 잎이 짙은 녹색으로 변하고 더 이상 감꽃이 떨어지지 않을 때까지 감꽃으로 목걸이며 팔찌를 만들었다. 숱한 추종자(!)들을 장악하고 동네 골목길을 휩쓸었다.

꼭 단감이 찬란한 황금색 단감으로 익을 때까지 기다리지 않아도 됐던 것이다.

이삭줍기

지혜는 대상을 아끼는 것에서 생기지 않을까? 그것이 피붙이건, 지천至賤으로 널린 감꽃 같은 것이건 말이다.

대보름 불놀이

초등학교를 졸업하고 중학교에 입학하기 전은, 그야말로 아무 근심도 시름도 없이 모든 것이 노는 것으로만 연결되던 시절, 어김없이 대보름이 됐다.

해가 떨어지면서 동네 또래 아이들 십여 명이 슬금슬금 모여들었다. 딱히 모일 약속이 없었는데도, 습관이나 의

무처럼 모인 것이다.

대보름에는 불 피우고 노는 의무(?)가 있는지라, 누군가 말을 떼자마자 동네 맨 끝집의 담장을 뜯어내기 시작했다. 당시 담장은 대개 얇은 판자였는데 못질도 제대로 하지 않고 얼기설기 엮어놓은 꼴이 대부분이었으니, 애들 힘으로도 수월하게 뜯어낼 수 있었다.

바짝 마른 판자는 잘 탔다. 불길이 잦아들면 애들은 순번을 정한 듯 차례로 판자를 한 장씩 뜯어 왔다. 불이 사그라질 만하면 한 장, 또 한 장…….

그러나 바늘도둑이 소도둑 되고, 자극은 자꾸 커져야 자극인 것! 누군가 잘 타고 있는 판자 위에 한 장을 더 올리자 불길이 훨씬 더 밝고 환하고 거세게 타오르는 것을 알게 됐다.

한 장이 두 장 되고 두 장이 타던 것은 금세 석 장이 됐다. 그리고 곧이어 닥치는 대로 판자를 떼어 오고, 쌓을 수 있는 만큼 불길을 키우고 있었다.

처음에 판자를 떼어 내는 소리, 발자국 소리는 물론이고 숨소리까지 죽이려던 조심성은 간 곳도 없었다. 마치 제 것 쌓아 놓고 갖다 쓰는 양 당당하고 씩씩하게 판자를 뜯어내고, 가져 오고, 맘껏 불태웠다. 불길이 거세지고 커지는 데 반해 그 담장은 꼭 그만큼 허술해져 갔다.

우리는 불을 둘러싸고 앉아 노래를 부르거나 손을 잡고 강강수월래를 하는 등 실컷 놀았다. 점점 더 커지는 것 같은 보름달과 함께 시간 가는 줄도 몰랐다.

여기까지는 좋았다.

얼마 후 그 집 담장은 흔적도 없이 사라져 버렸다. 사라진 땔감처럼 불길도 점점 사그라져 갔다. 주변에는 다른 집도, 담장도 없었다. 그런데 누군가 호박넝쿨이라도 태우자고 말했다. 우리는 호박밭 가운데서 불놀이를 했던 것이다.

우리는 닥치는 대로 호박넝쿨을 걷어 꺼져 가는 불길 위에 얹었다. 그러나 불은 살아나지 않고 연기만 짙게 피어 올라 하늘로 솟구쳤다.

여기까지가 좋았다.

시커먼 연기를 바라보던 한 동무가 또 말했다.
"대보름날 불을 뛰어넘으면 엄청 재수가 좋다더라. 우리도 해 보자!"
그는 말을 마치자마자 연기를 뿜어 내는 호박넝쿨을 뛰어넘었다.

'우와, 멋지다!'
다들 다투듯 호박넝쿨 위를 연기를 뚫고 뛰어넘고 또 뛰어넘었다.

꼭 구름 속을 뚫고 날아다니는 새 같았다. 아무 것도 거칠 것 없이 연기를 타고 하늘로 오르는 것 같았다. 친구 말처럼 엄청 재수도 좋아질 것이라고, 그렇게 철석鐵石같이 믿었다.

그 기분은 지금도 잊지 못한다. 절대 잊을 수 없을 것이다. 어떻게 잊겠는가!

그렇게 다투듯 뛰어넘기를 하던 중 한 친구가 막 뛰어오른 순간, '번쩍' 번개가 치고 마치 천둥소리도 들린 것같이 불길이 솟구쳤다. 그 폭발 같은 불꽃은 내 기억 가장 깊은 곳에 박혀 있다. 영원히 사라지지 않을 것이다.

그 친구는 벼락 같은 화염을 맞고 반대편으로 그냥 떨어졌다. 우리는 허겁지겁 쓰러져 있는 친구 주위로 모였다. 그는 축 늘어져 조그마한 움직임도 없었다. 모두들 아무 말도 못 하고 서로를 바라보고만 있었다. 다들 넋이 나간 것이었다.

조금 정신이 들자 이곳저곳을 만져 보고, 찬물을 가져와 뿌리자는 둥, 병원으로 데려가야 한다는 둥, 집에 알리자는 둥 야단법석이었다. 그러던 중 한참 지나 천만다행으로 그 친구가 숨을 내쉬었다. 정신도 차렸다.

다들 살아난 것이다. 그 감격을 토해내듯 한 동무가 말했다.

"야! 니 염병해 버렸다."

마침 당시 동네에는 열병을 앓아 머리가 다 빠져 버린 후 다시 나오면서 가느다랗고 노란색 곱슬머리를 한 아이가 하나 있었다.

사족

그 다음날 동네에서 벌어진 소란은 우리 불판보다 더 크고 뜨거웠다.
친구의 화상이 부인할 수 없는 증거가 돼, 그 집 담장 수리 문제는 바로 해결됐다.
그 친구는 얼굴과 손을 비롯한 전신 3도 화상을 입었다.

들꽃

그 해 그날은 유난히도 바빴나 보다. "한 번도 거르지 않았던 '평생의 선물'"을 준비하지 못 할 정도로 바빴나 보다.

아차! 여행길에 오르고 나서야 그 한 가지 생각이 뇌리를 스쳐 갔지만, 이미 활시위를 떠난 화살처럼 나는 달리고 있었다. 그 고속도로를.

장남과 차남, 그리고 필자의 처

그렇게 바빴을까? 머리는 부지런히 회전했다. 다행히 머리만 돌고 차는 돌지 않았다.

충청도 어드메쯤. 도로 옆 갓길을 따라 들꽃들이 맑은 하늘 아래 눈부시게 피어 있었다.

노오랗게 활짝 핀 그 꽃들은 나의 머리를 사정없이 후려치고 있었다.

나를 보고도 생각나는 게 없느냐고 물으면서.

그때 내 뇌리에는 온통 '어떻게 하면 생일 선물을 준비할 수 있을까' 라는 생각밖에 없었다.

그렇지, 저 꽃! 어떻게 잘 생각해 보면 이 난관을 넘어갈 수도 있겠다.

나는 일 년에 두 날을 우리 부부의 날로 정했다. 결혼기념일과 배우자의 생일.

그리고 이왕 그렇게 정했으니 선물을 하되 매번 색다르면 더 좋지 않을까 하여 줄곧 그리 해왔다.

그것도 빛이 바랬나? 올해는 미처 기억조차 못 한 것이다. 여러 방안을 생각했으나 작은 머리에 궁여지책조차 떠오르지 않았다.

그런데 그 노란 꽃이, 그 아주 작은 노란 꽃이 나의 머리를 사정없이 후려치는 것이었다.

나는 길가에 차를 세우고 그 작고 아름다운 꽃들을 꺾기 시작했다. 미안한 마음과 함께.

그리고 사춘기의 아들들에게도 꽃을 꺾고 넝쿨식물을

장남과 차남, 그리고 화관을 쓴 아내

모으고 여왕 꽃을 찾으라 했다.

그날 저녁, 작은 모텔 방. 아내가 샤워하는 틈에 우리 삼부자는 부지런히 화관을 만들었다.

그리고 막 샤워를 마치고 나오는 5월의 신부에게 이름하여 여왕 꽃 화관을 씌워 주었다.

다행히 그 해 생일 선물은 그것으로 넘어갔다.

그날 이후 나는 그 꽃을 매우 사랑하게 되었다.
그 꽃 이름은 누드베키아. 꽃말은 '영원한 행복'!

화관을 쓴 아내를 보며 나는 행복이 우리 주위에 흔하다는 것을 알았다. 누군가를 사랑하고 아끼는 마음이 '영원한 행복'을 찾게 해 준다는 것도 깨달았다.

어찌 다른 모든 사람들도 사랑하지 않겠는가!

목숨값

우리의 목숨값은 돈으로 환산하면 얼마나 될까? 나를 낳아 주신 부모님 또는 창조주 하나님에게는 도대체 얼마나 많은 빚이 있는 것일까?

비단 의료인이어서가 아니고 자연인으로서 나는 그 누구에겐가 빚을 진 것은 사실인데 갚을 때는 얼마를 어떻게 갚아야 하는지?

내가 세상에 나와 생명이란 큰 선물을 쥐고 있는 것에 대한 고마움을 어떻게 표현해야 하는지?

이런 것 저런 것 따지지 말고 그냥 고마워만 하면 되는지? 나 나름의 고민을 하다가 우선 그 목숨값을 계산해 보기로 했다.

우선 우리가 태어날 수 있는 확률은 얼마나 될까?

냉철하게 분석해 보면 남자의 1회 사정 시 정자가 약 3억 개.

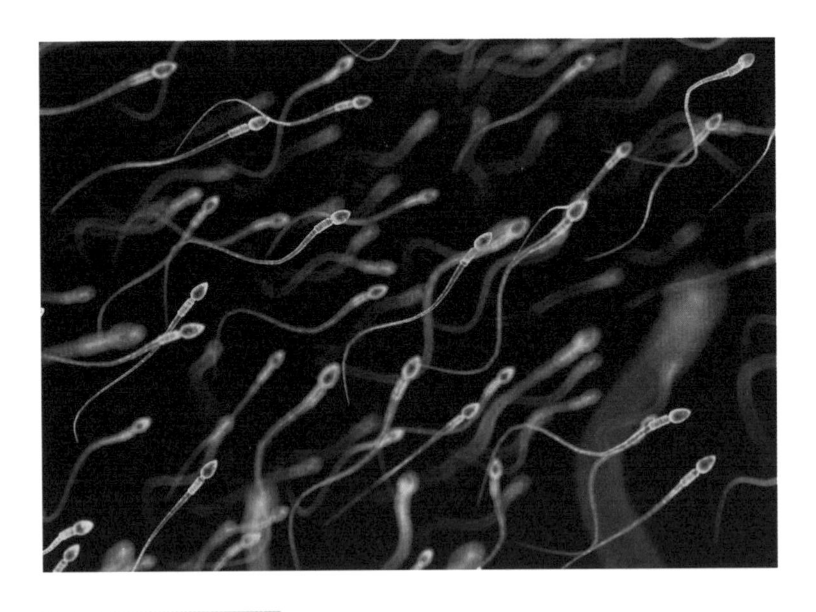

한 생명의 목숨값은 우리나라 약 90년치 예산인 3경 6천조 원 정도 되지 않을까?

평생 동안 남자의 사정 횟수는 줄잡아서 약 3,000 번.

여성의 난자 숫자는 평생 약 400개.

곱하면 대충 1/360조의 확률, 분모는 우리나라 1년 예산의 90퍼센트 정도이다.

헌데 우리나라에서 로또 복권 1등에 당첨되면 엄청난 행운으로 로또 1등에 당첨될 확률이 대충 1/800만이다. 그리고 1등 당첨되면 약 20억 원 정도의 당첨금을 준다.

해서 어림잡아 본 한 생명의 목숨값은 우리나라 약 90년 예산, 액수로 3경 6천조 정도 되리라고 생각해 본다.

이렇게 귀중하고 또 귀중한, 고귀하고 또 고귀한 내 생명 값을 빚졌다고 그걸 다 갚으려 한다면 이것은 도저히 불가능한 일이 되어 버린다.

우선 그냥 고마워하자. 내 손에 쥔 선물에 감사해 하자. 만족하며 살고 행복해 하자. 그러니까 아주 작은 일부터 시작해 보자.

그렇게 시작한 것이, '이왕에 계산되지 못 하는 것을 어떻게 값을 매길 수 있겠나' 였다.

목숨값, 웃음값, 만족값, 행복값, 책값…….

도대체 책 한 권의 값어치는, 그 가치는 얼마나 될까?

의문을 갖고 있으면 답도 있는 것일까? 다행스럽게도 우연히 어느 책을 보면서(지금으로부터 15년 전, 책 이름은 기억이 없고 저자는 미국인이었음) 책 말미에 책 한 권의 가치는 1,000달러(당시 환율로 약 100만 원이었음)이라는 것을 봤다.

해서 당신이 만약 부자가 되고 싶다면 책을 1,000권 읽으라는 권유의 글귀까지 선명하게 기억난다.

당시의 부자에 대한 정의로 보았을 때 약 10억 원 정도의 부를 쌓으면 부자로 분류했었기에 나는 이 글을 많이 써먹었다.

그렇다! 부자가 되려면 우선 1,000만 원 정도는 투자해야 한다고 말이다. 요즈음은 책값도 올라서 그나마 20퍼센트에서 30퍼센트 정도를 더 투자해야 한다.

눈을 뜨고 책을 읽으면 길이 보인다. 눈을 감고 명상을 하면 길이 보인다. 입을 열어 길을 물으면 길을 가르쳐 준다. 귀를 열어 들을 줄 알면 도가 트인다.

언제든지 마음과 머리는 비워 두어야 한다. 배를 비워 두어야 하는 것처럼.

만약 비워 두지 않으면 더 좋은 음식이 나왔을 때 맛조차 못 보지 않겠는가?

이제야 겨우 선친이 식사하실 때 왜 항상 2할을 남기셨는지 알 것도 같다.

화두는 스스로 만들어서 평생을 두고 해결해야 하는 모양이다. 좋은 스승을 만나면 조금 빨리 깨우치겠지만, 조금 늦게 간다고 또 어떨 것인가? 또 설혹 깨우치지 못했다 한들 내 목숨값에서 얼마나 축이 나겠는가?

진인사대천명盡人事待天命.

그렇다. 내가 할 수 있는 바 최선을 다해서 하고 그리고 나머지는 하늘의 뜻을 기다리는 것이다.

사람의 목숨값을 어찌 얻어 낼 수 있으며 얻어 낸다고 그것이 맞을 일인가? 단지 최선을 다하여 노력할 뿐이고 나머지는 하늘이나 알 일이다. 그래서 설령 틀렸다고 하더라도 별로 대수롭게 생각되지 않았다.

그리고 조금은 대범해졌다. 설령 금전적으로 손해가 날 경우에도 나의 목숨값에서 제하면 됐고, 나에게는 나머지 더욱 많은 내 목숨값이 있었기에 남은 목숨값만큼이나 위로가 됐다.

우리는 살아가면서 수많은 시행착오와 걸림돌들을 안고 살아간다. 한 가지쯤 도피처를 마련해 두고 위안을 삼는 것 또한 크게 나쁘지는 않겠다고 생각해서 독자 여러분에게 제안한다.

내 목숨값은 엄청 큰 것이고 진인사대천명 하는 것이야말로 나 자신뿐만 아니라 그 누구에게도 떳떳한 일이다. 나머지는 하늘이 알아서 할 일이다.

선친 생각 1

나에게 선친을 한 마디로 표현하라면 뭐랄까? 스승? 이 한 단어밖에 생각이 나질 않는다. 물론 그 외에도 숱한 내용이나 말들이 있기도 하겠지만, 제일 먼저 떠오르는 단어는 역시 그 단어이다.

중1 여름방학이 시작되자 '이야, 이제부터 최소 한 달간은 자유다!' 라고 생각하고 있었는데, 어떻게 그 생각이 겉으로 드러났는지 "이번 여름방학 동안에는 무엇을 할 계획이지?" 하고 물으시는 거였다.

나는 당장 계획 세운 게 없었기에 솔직히 말씀드렸다.

"아직 없는데요, 천천히 세워 보아야죠!"

기다렸다는 듯이 다음 말씀이 이어졌다.

"그래? 그것 참 잘 되었구나! 그렇다면 이 책을 한 번 읽어 보거라!"

그러시면서 미리 준비하셨던 듯한 『명심보감』이라는 책을 들이미시는 것이었다.

아주 얇았다. 속으로 우습게 여겨졌다. 한 달 남짓한 동안에 그걸 못 읽겠나?

국어책의 3분의 1 정도밖에 안 되는 부피인 것을. 중1을 무엇으로 보시는 거야?

지금의 기억으로 그 첫 구절이 아마 '順天者는 興하고 逆天者는 亡하니라' 이었을 것이다.

'순천자는 흥하고 역천자는 망하니라.'

그런데 이걸 그냥 읽기만 시키시는 게 아니라 읽고 쓰고 한문을 외우고, 그나마 외웠던 것을 밥을 먹으면서 운까지 붙여서 또 다시 외우라고 하니 도통 죽을 맛이었다.

괜히 호기를 부렸나 싶었다. 하지만 이왕 시작한 것 해보자 해서 한 것이, 제일 첫 한 쪽을 외우는 데 꼬박 3일이 걸렸다. 선친께서는 재미를 붙이셨는가 보다. 하여튼 이때부터 무슨 학문적인 것만 나오면 무조건 외우라 하셨으며, 그것도 꼭 밥상머리에서 시키시고는 하지 못하면, 다 외우고 나서 밥을 먹으라 하셨다. 노상 '밥값도 못 한다' 라고 하시면서!

나는 우리 집 형편이 좋지 않다는 것을 알기에, '밥값' 이라도 하려면 무조건 외워 대는 수밖에 없었다. 설령 그 다음날 바로 잊어버리더라도.

콩나물시루에 물 붓기였다. 아무리 외워도 바로 그 다음날이면 까마득히 잊어버리기 일쑤였다. 어쩌다 생각나는 구절도 순간 스쳐 지나가는 것일 뿐이었다. 다시 기억하려 하면 도무지 생각이 나지 않았다.

어찌어찌 그 해 여름방학은 『명심보감』과 맞바꾸어 버린 셈이 되었다.

'少年易老 學難成 一寸光陰 不可輕 未覺池塘 春草夢 階前梧葉 已秋聲.'

'소년이노 학난성 일촌광음 불가경 미각지당 춘초몽 계전오엽 이추성.'

지금부터 50년도 더 전에 외웠던 한시이다.

'소년은 늙기 쉽고 학문은 이루기 어렵나니, 순간의 짧은 시간도 헛되이 마라.

연못가 봄풀 꿈 깨기도 전인데, 계단 앞 오동나무 잎 가을을 알리네.'

50년이 지난 지금이 되어서야 어렴풋이 그 뜻을 알 것도 같다. 하지만 당시에는 무슨 말인지 무슨 뜻인지도 모른 채 그냥 외우라고 해서 외웠으며 외우면 밥 먹을 수 있다 해서 외웠다.

'~이니 ~이라 ~인데 ~이라' 가 빠졌다 하여 그날의 식사 시간은 지나도 한참이 지난 뒤에야 겨우 온 식구가 밥상머리에 둘러앉았다

운韻이 없으면 한시에도 맛이 없다나 어쨌다나?

"어떠냐? 늦게 밥 먹으니까 밥맛이 더 좋지?" 하신다. 아마 밥을 늦게 먹이는 것이 미안하기도 하고, 그까짓 것 운쯤이야 없어도 그만인 것을 괜히 억지 춘향이 노릇 시킨

게 마음에 걸려서 하신 말씀일 게다.

배가 고프다고 또 양껏 다 먹을 수도 없었다. 양껏 다 먹으면 이번에는 '밥통' 이니 '식충이' 소리를 들을 것이 뻔했기 때문이다

내가 선친을 생각하는 중에 스승이라고 하는 단어는 나에게 이런저런 지식이나 지혜를 가르쳐 주어서만 스승이라고 하는 것은 아니다.

평생 동안 술과 담배를 한 번도 하지 않으셨다. 적어도 내 앞에서는.

실제로도 그러하셨다 한다. 그러니까 92년 동안 아침 기상시간과 저녁 취침시간이 항상 일정하셨다.

식사량 또한 일정하셨다. 팔 부. 그러니까 밥 한 그릇의 80퍼센트 만 비우시고, 나머지는 항상 남기셨다. 왜 남기셨는지 잘 모르겠다. 추측컨대 먹고 싶은 양의 80퍼센트만 채우고 나머지는 비워 두어야 한다는 가르치심으로 생각하고 있다.

물론 옛날 아주 옛날 우리나라가 정말 먹을 것이 부족했

가운데 앉은 이가 필자의 선친이다.

을 때, 밥 한 그릇을 그야말로 물 말아서 싹싹 비워 버리면, 남기기만 기다리는 손자와 아녀자의 설움을 씻을 길이 없어 할 수 없이 남기던 시대의 잔존으로도 생각할 수 있다.

하여튼 평생 동안 팔 부를 고집하셨으며 한 번도 흐트러짐이 없으셨다.

언젠가 이종사촌 형님이 내게 하소연 겸 한 말씀 하셨다. 선친과 2년여 동안 같이 생활을 하시면서 그 동안의 못 다한 이야기를 나에게 하셨다. 거의 대부분은 알 수 있었던 얘기들이었는데, 한 가지는 지금도 모르겠다.

어느 날 밥을 할 수 있는 형편이 못 되어 할 수 없이 자장면을 시켰는데, 그 자장면을 휘휘 저으시더니 팔 부 만 드시고 20퍼센트는 남기셨단다. 버리기는 아깝고 먹자니 껄쩍지근해서 마침 키우던 개한테 주었단다. 그걸 보신 선친께서는 개돼지만도 못한 행동 했다고 눈물이 쏙 빠지도록 나무라셨다고 한다. 그리고는 이종사촌 형님은 나에게 이렇게 한 말씀하셨다.

"너 참 용하다. 네가 효자다"라고 말씀하셨는데 그때는 그 뜻을 몰랐다.

선친과 계단에서 만나 인사를 하게 되는 경우 대부분은 꾸지람을 듣게 되었는데, 계단 위에서 인사를 하면 엄청 나무라셨다. 계단 위에서 아랫사람에게 하듯 인사한다고. 해서 다음에는 계단 아래에서 인사를 하게 되었는데 이 또한 엄청 나무라셨다.

그럼 어떻게 하라고?

인사하는 사람끼리는 같은 위치에 있을 때 서로 인사를 나누라는 말씀이셨는데, 사회적 지위와 남녀노소를 불문하라는 의미를 모르는 바는 아니로되, 참으로 지키기 어려운 일 중에 하나가 되었다. 모든 사람은 어떠한 경우에도 평등하고 또한 우주의 중심은 바로 나이고 나의 자존심을 지키라는 의미는 알겠지만, 그렇게 행동한다는 것이 어려운 일 중에 또한 어려운 일이었다.

잘못하다가는 '독불장군', '싸가지 없는 ○', '고집불통' 등의 말을 듣지나 않을까 싶어 쉬 행동으로 옮기지 못하는 경우가 허다했다.

우리 인간은 어쩌면 군상을 좋아한다. 어떤 무리 속에 섞여 있을 때가 훨씬 마음 편안함을 느낄 것이다. 어떤 무리 중의 일원으로 있을 때, 내가 따로 고민을 할 필요가 없어서일까? 훨씬 더 마음의 안정을 얻을 수 있다. 설혹 그 무리 전체가 나아가는 방향이 틀렸다 하더라도.

내가 가는 길이 아무리 옳다고 해도, 그 길로 혼자서만 가는 것은 외롭고 고독하다. 그래서 의지의 대상을 찾으려 한다.

인간이 가는 길은 모든 길이 옳겠지만, 사실 그 옳고 그름은 끝나 봐야 아는 경우가 태반이다. 그마저도 때로 정 반대의 결과가 승리해 버리는 수가 많다.

그렇다면 서로 타협해야 하는데, 이 타협마저도 사실 쉽지만은 않다.

내가 선친을 생각하며 스승이란 단어를 떠올린 이유가 그것이다.

선친은 평생에 옳다고 생각하는 길을 가셨지, 타협의 길을 택하지 않으셨다.

그래서 당신은 평생 외로우셨을 것이다. 타협이 없다면 주위에 사람들이 모이지를 않는다. 평생을 독불장군처럼 혼자 사셨다.

당신이라고 어찌 타협하고 주위 사람들과 어울리며 살고 싶지 않으셨겠는가?

당신이라고 어찌 가족들과 알콩달콩 살고 싶지 않으셨겠는가?

세파에 휘둘리며 어려운 생활을 하게 되니 자연 도인의

길을 택하셨고, 자식들 학비가 부족하여 모범적으로 보여 주는 길을 택하셨을 것이다.

무릇 교육이란 지식과 지혜를 함께 넣어 주어야 할 것이다. 말로만 시키는 교육은 적은 양의 지식을 넣어 주는 것이다. 학교에서 가르치는 정규 교육은 많은 지식을 얻는 것이다. 밥상머리에서 시키는 가정교육은 예절과 지혜를 함께 배우는 것이다.

하지만 그보다 더 큰 교육은 모범이 되어 보여 주는 것이다. 그것도 한두 해가 아니고 10년, 20년도 아니고 평생을 보여 주어야 한다. 그래서 피교육생이 느끼도록 해야 하는 것이다.

비록 평생을 보여 주어도 보지 못하면 없는 것이나 마찬가지이고, 알려고 해도 겨우 30퍼센트 정도밖에 그 뜻을 헤아리지 못한다 할지라도, 보여 주는 것은 평생의 화두를 두고두고 생각할 수 있는 꺼리를 던지는 일이다.

요즈음 그 화두로 말미암아 느끼며 또 깨닫는 경우가 많아졌다.

선친 생각도 더욱 간절하다

선친 생각 2

선친은 입춘을 굉장히 좋아하셨다. 아마 새로 모든 것을 시작하는 의미 있는 날이기도 하고, 봄이 오는 제일 첫 날이기도 하거니와, 어쩐지 기지개를 켜고 마음 훈훈하게 맞이할 수 있어서였을 것이다. 그리고 꼭 그날은 먹을 갈아라 하시고는 '입춘대길立春大吉' '건양다경建陽多慶'이라고 한자를 붓글씨로 쓰시고는 읽고 외우라고 하셨다. 다른 집들을 보면 그렇게 써서 대문에 붙여 두는 모양인데, 아쉽게도 우리 집은 붙일 만한 대문도 없었거니와, 남의 집 월세를 살면서 그런 호사스런 행동을 할 수가 없었다.

겨우 방문 옆에 걸치다시피 붙여 놓았다.

필자의 결혼식을 굳이 입춘 날로 잡으실 정도로 입춘을 좋아하셨다.

어쨌든 그날도 입춘 날이었다.

"너, 오늘이 무슨 날인지 아나?"

'당연히 모르지요. 어른들이 질문하는 내용을 저 같은 중3이 어찌 미리 알겠습니까?'

속으로만 웅알거렸다. 겉으로 말했다가는 또 한 소리 들었을 테니까.

선친은 나를 힐끗 쳐다보시더니 "아직 철부지구만!" 하시는 거였다. 약간 자존심도 상하고 해서 내 표정이 달라졌나 보다.

"철 · 부 · 지!

때를 모르는 사람, 시절을 모르는 사람, 들고 나는 것을 모르는 사람!"

"너 오늘부터는 철부지나 면해라!" 하시며 또 외우는 숙제를 주셨다.

바로 일 년 24절기! 그리고 그 절기가 갖고 있는 각각의 뜻! 물론 농경사회 위주의 일 년을 대략 15일 단위로 변화시켜 놓은 것이지만.

'입춘우수경칩춘분청명곡우입하소만망종하지소서대서입추처서백로추분한로상강입동소설대설동지소한대한.'

지금이야 10초면 외울 수 있지만, 당시에는 이걸 외우느라 꼬박 3일이 걸렸다. 물론 그 뜻 또한 알아야만 했다.

평생에 몇 번이나 써먹었는지 모르지만, 여하튼 고등학교 송년회에서 사회자가 24절기를 이 자리에서 외울 수 있는 사람은 시상을 한다기에 나가서 외우고 상을 받은 적이 있다. 평생에 기쁜 날이었다.

하루는 학교에서 돌아와 책상에 앉아 보니, 책상 맞은편 벽에 못 보던 붓글씨가 붙어 있었다. '옥탁성기玉琢成器 인학지도人學知道.' 무슨 뜻이지?

'옥불탁불성기玉不琢不成器 인불학부지도人不學不知道.' 즉, '옥은 바탕이 아름답지만 다듬지 않으면 그릇으로 사용하기 어렵고, 사람은 비록 천성이 뛰어나도 학문을 닦지 아니하면 큰 인물이 못 된다' 라고 하는, 『예기』에 나온다는 말씀을 무슨 대단한 발견이나 하신 양 "내가 '아니 불不자' 네 개를 모두 떼 버렸다. 그래도 그 뜻은 같지 않냐?"

의기양양해 하시며 이것 또한 외우라고 하셨다. 당장 외우기는 비교적 쉬었다.

하지만 지금까지 아마 천 번도 더 생각했을 것이다.

아무리 뛰어난 천성의 재주가 있어도 그 재주를 갈고 닦으며 사용할 기회를 가져야지, 갈고 닦지 아니하고 그대로 두면 좋은 재주를 썩혀 버리는 것이고, 또 설혹 갈고 닦았다 하더라도 사용할 기회를 갖지 못하면 아무 소용없는 일이다. 천성을 가졌으면 갈고 닦을 줄을 알아야 하고, 갈고 닦았으면 쓸 줄도 알아야 할 것이며, 쓸 때에는 바른 방향과 올바른 그 시각(천시) 또한 알아야 할 것이다.

선친께서는 아니 不자를 굉장히 싫어하셔서 4개를 빼 버리셨다. 12자 중에서 4자를 빼가지고 8자로 만드신 것이다.

내 생각에도 아니 불不자 4개를 빼신 것은 참 잘하신 것 같다. 우선 외우기가 쉽지 않은가? 그리고 모든 일은 단순화시키는 것이 좋다.

10진법보다는 2진법이 훨씬 더 경쟁력이 있다. 4차 산업혁명 시대에는 2진법이 더욱 더 날개를 달 것이다.

두고두고 지금까지 50년 이상을 생각하고 있다.

'옥탁성기 인학지도'

세발자전거

어릴 적, 아주 어렸을 때의 기억이다. 우리 집은 동네 골목길 맨 끝이었는데 나란히 있는 옆집도 마찬가지였다. 정확하게 하자면, 골목이 두 갈래로 나뉘고 그 끝에 두 집이 이웃해 있는 모양이었다. 두 집은 무궁화나무를 심어 놓은 것으로 허술하게 경계가 만들어져 있었다.

두 집은 비슷한 것이 많으면서도 무척 다른 면이 있었다. 집 크기, 남향인 것 그리고 우리 집이 딸 다섯에 막내아들(나) 하나인데, 옆집은 딸 셋에 막내아들 하나라는 것이 비슷했다. 그 아들은 나보다 두 살 어렸다.

다른 점은, 옆집은 부자고 우리 집은 가난했다는 것이었다. 옆집은 기와집, 우리 집은 초가집이었다. 또 옆집에는 할아버지 할머니가 계셨는데 우리 집에는 안 계셨고, 우리 집에 아버지가 계신 반면 옆집에는 아버지가 안 계셨다. 일찍 돌아가셨다고 했다.

어쨌건 두 집은 사이가 참 좋았다. 떡이나 전 같은 차례나 제사 음식은 당연히 나눠 먹었으며, 김장김치도 서로 주거니 받거니 하면서 허술한 무궁화나무 담장을 넘어 다녔다.

그러던 어느 날 옆집에 세발자전거가 출현했다. 할아버지는 밀어 주고 아이는 손잡이를 잡고 운전대에 떠억 앉아 으스댔다. 집 안에서 문 밖으로, 문 밖에서 동네를 한 바퀴 돌며 마치 왕자라도 된 것 같았다.

필자의 장남 어렸을 때의 사진.
세발자전거 사 달라고 조르고 있다.

우와, 얼마나 부러웠던지!

그날부터 나는 어머니를 조르기 시작했다. 세발자전거 사달라고 말이다. 하지만 가당키나 한 일인가? 아무리 졸라 봐도 안 되는 것은 안 됐다. 입에 풀칠하기도 힘든 판국에 세발자전거라니!

하기야 자전거가 요즘 자가용보다 더 귀한 시대였으니 어차피 내가 조른다고 될 일은 아니었다.

어찌 할 것인가? 그날부터 눈에 보이는 것, 생각나는 것은 오로지 그 세발자전거뿐이었으니! 앉으나 서나 자전거! 밥을 먹건 놀이를 하건 자전거! 어디를 가건 자전거! 하, 그 놈의 자전거 때문에 미칠 지경이었다. 아니, 실제로 미쳐 있었다.

이리 뒹굴 저리 뒹굴 하다가 나는 기막힌 거사(?)를 생각해 내고 계획을 세웠다.

그 자전거를 타고 무조건 도망가는 것이었다. 그렇지, 도망가면 되지! 이렇게 쉬운 방법이 있는데 왜 여태 몰랐지? 멍청한 내 머리를 탓하면서 이제라도 알게 돼 참으로 다행이다 생각하고는 날이 새기만을 기다리며 엎치락뒤치락했다. 그날 밤은 유난히도 길었다.

드디어 다음날, 거사(!) 날이었다. 이른 아침을 먹는 둥 마는 둥하고 담장 너머 옆집을 살폈다. 다행히 허술한 무궁화 담장 덕분에 옆집 상황은 훤히 보였다.

기실 이 거사를 결행(!)하기까지 한 가지 믿는 구석은 있었다. 그야말로 허술한 나무 담장이었기에 개구멍이 있었는데, 나처럼 덩치 작은 어린애나 조그만 동물들은 왔다갔다 할 수 있었지만, 몸집 큰 어른들은 쉽게 들락거리지 못했다. 그야말로 개구멍이었다.

즉, 아차하면 그 개구멍으로 도망쳐 우리 집으로 오면 되고, 옆집 어른들이 우리 집까지 오려면 최소한 50미터는 돌아 와야 하기 때문에, 그 사이에 나는 도망칠 수 있다는 것이 내가 믿는 구석, 즉 안전 보장책이었다.

아, 다행스럽게도 참으로 다행스럽게도 세발자전거만 마당에 있고 인기척은 없었다. 하늘의 도우심인가? 나는 냅다 들어가 그 자전거에 올라탔다. 모든 것이 내 의도대로 됐다. 천하를 얻은 기분이 이럴까? 이제는 페달을 힘차게 밟아 도망가기만 하면 되는 일이었다.

아, 그런데 페달과 손잡이와의 간격이 너무 좁아 내 발을 페달에 올려놓을 수 없었다. 나보다 두 살 어린 그 아이에게 맞는 자전거라 나에게는 작았던 것이다.

억지로 발을 올려놓는 데까지는 성공했지만 이제는 페달을 밟아 바퀴를 돌릴 수가 없었다. 한 쪽 페달을 밟아 다른 쪽이 올라오면, 발판과 손잡이 사이에 정강이가 끼어 아픔이 극심했기 때문에, 달리기는커녕 도저히 페달을 움직일 수도 없었던 것이다.

억지로 가랑이를 옆으로 최대한 벌려 겨우 바퀴를 돌리기는 했는데, 이제는 발이 페달에서 미끄러지거나 눌리는 발바닥이 너무 아파 도무지 어떻게 할 방법이 없었다.

아, 이걸 어떡하지? 자전거에 앉은 채로 연구에 궁리를 거듭하던 바로 그때!

인기척 때문이었을까? 방문을 열고 나오시는 할아버지와 눈길이 딱 마주쳤다.

"이 도둑놈 새끼, 게 섰거라!"

'도둑놈?'

어쨌건 그 자리는 피해야 했다. 재빨리 미리 봐 둔 개구멍을 통해 우리 집으로 한 달음에 돌아와 버렸다. 이후 한바탕 소란이 난 것은 당연했고, 한동안 울타리 넘어 오가던 떡과 전 등 음식이며 이웃의 정情은 잠정 중단되고 말았다.

이삭줍기

사유재산제도는 인류를 발전시킨 최대 요인 가운데 하나다. 그런데 그 엄연한 사실과 소유권의 절대적 한계를 무시하는 경우가 너무 많다. 주의하고 명심해야 할 일이다.

수박서리

그 여름도 무척이나 더웠다. 더운 만큼 잠도 일찍 자지 않았고 방안으로 잠을 자러 들어가지도 않았다. 우리는 시간이 되기를 엄청 기다리고 있었다.

무슨 시간? 그날은 집에서 약 1.5킬로미터 떨어진 초등학교(우리 학교) 운동장에서 공짜 영화를 보여 주는 날이었다. 그때까지만 해도 기분이 좋았다. 늦은 저녁을 먹고 열

대야의 더위도 식힐 겸 골목길을 벗어나 넓은 들판을 가로질러 마침내 초등학교 운동장에 도착했다.

이미 많은 사람들이 좋은 자리는 차지하고 별로 좋지 않은 자리만 조금 남아 있었다. 안 좋은 자리란 영화를 볼 때 영사기가 비추고 있는 쪽의 반대편 자리다. 즉, 배구 네트처럼 중앙에 화면이 있어서, 반대편에서도 영화를 볼 수 있었는데 모든 것이 반대였다.

어차피 말하고 손짓하는 것이야 반대건 말건 상관이 없었지만, 화면 글자는 반대였다. 그래서 읽기가 매우 어려웠고 실감도 나지 않았다.

조금 시간이 지나자 악동들 몇몇은 약속이나 한 듯 하품을 해댔다. 그리고는 하나둘 시작하더니 줄줄이 빠져 나갔다.

누구네 집 수박을 내일 낸다(출하)는 이야기쯤은 우리 같은 악동들의 귀에는 학교 선생님이 골백번 이야기하는 것보다 더 못이 박혀 있을 정도였다. 그리고 그 집의 수박

밭이 어디쯤 있는지는 손금보다도 더 잘 알았다.

낮에 소 풀 먹이며 꼴 베며 이미 수십 번도 더 답사를 마친 터였다.

원두막을 지키고 있는 주인이 있기는 했지만 우리들 눈에는 보이지도 않았다. 수박이 그만큼 절실했고 내일 학교에 가면 그걸 또 무슨 자랑이라고 말해야 하기 때문에 주인의 손해쯤이야 우리가 생각할 사안이 아니었다.

사실 수박서리를 밤에 하면 수박 자체 값은 고하간에 악동들이 익지도 않은 수박을 가져가서는 버리기 일쑤였고, 더 큰 문제는 밤에 다니면서 수박의 줄기나 순을 밟아 버리면 더 이상 생장을 못 하기 때문에 수박 생산량이 줄어드는 것이었다.

그날도 악동들은 얼굴에는 흙칠을 하고 하얀 셔츠는 이미 벗어서 바지 속에 넣어 위장했기에 서리하기 딱 좋은 상태였다. 다들 자기 나름대로는 조심한다고, 그리고 절대 들키지 않아야 한다고 무언의 각오들을 하고 있었다.

수박서리했다 걸려서 그 집 수박 수확이 끝날 때까지 친구들과 번갈아 가며
불침번을 서야 했다.

제일 맛있겠다고 생각되는 수박 하나씩을 골라 조심스럽게 품에 안고 살금살금 빠져 나오고 있었다. 사실은 수박 한 통도 다 못 먹을 건데 욕심들이 너무 많았을까?

들어갈 때는 기어서 들어갈 만한 철조망 밑을 그놈의 수박을 안고 나오다 보니 누군가 그만 철조망 가시에 찔렸나 보다.

"아이쿠, 아야!"

거의 동시에 원두막에서도 소리가 났다.

"누구야!"

우리는 냅다 뛰어 도망가기 시작했다. 그 와중에도 누군가는 기어이 수박을 놓치지 않고 끝까지 들고 왔다. 한참을 도망친 뒤에 겨우 동네 뒷길에서 우리는 다시 만났다. 숨을 헐떡이면서도 인원을 점검한 결과 다행히 낙오자는 없었다.

우리는 낄낄거리며 서리해 온 수박을 나눠 먹었다. 물론 허실이 훨씬 많았다. 정교하게 잘라 먹은 것이 아니라 뭐 대충 빠개 먹을 수밖에 없었고 더더군다나 깜깜한 밤이기도 한 데다 무엇보다도 내 것이 아니고 훔쳐 먹는 것이니 공짜라는 생각 때문이었을 것이다.

어쨌든 우리들의 거사는 성공한 듯 보였다.

그 다음날 우리는 어제의 일을 자랑삼아 무슨 영웅이나 된 것처럼 자랑들을 했다. 절대 우리들이 한 일을 발설하지 않기로 그렇게 다짐을 했건만, 겨우 하룻밤이 지나니 우리 학교 전교생이 다 알게 될 지경이었다.

그때까지만 해도 괜찮았다. 누가 가서 특별히 고자질하지 않는 이상은 그렇게 그렇게 넘어갈 일이었다. 또 고자질을 한다고 하더라도 큰 대수도 아니었을 것이다. 뭐 얼마나 큰 손해였겠는가.

점심시간이 지나고 오후 수업시간 1교시를 뺀다는 선생님 말씀에 우리는 뛸 듯이 기뻤다. 우와, 살다보니 이런 일도 다 있네!

하지만 우리는 굳어 있는 선생님의 얼굴을 봐야만 했다. 그리고, "어제 수박밭에 간 놈들 다 나와!" 하는 청천벽력 같은 말을 들어야만 했다.

"안 나와?"

'이것이 뭔 일이래? 나가야 돼, 버텨야 돼?'

머릿속이 하얘지고 가슴은 콩닥콩닥 뛰고 내가 느끼기에도 얼굴은 벌개졌을 것이며 고개는 저절로 숙여졌다.

누가 봐도 범인임이 분명했다. 하지만 악동들 몇몇이 눈을 맞췄다.

'버티자. 끝까지 버티자!'

우리는 결연한 의지의 눈빛을 주고받았다.

정신이 차츰 돌아온 듯했다.

'그래 내 주위에는 내 친구들이 있어. 어차피 나 혼자 한 일도 아니잖아. 여럿이 했다고 하면 잘못도 나누게 되겠지?'

이제 나의 나아갈 길은 분명해졌다.

그런데 전혀 예상치 못한 선생님의 불호령이 떨어졌다.

"모두 웃옷을 벗는다, 실시!"

'왜지? 왜 웃옷을 벗으라 하지?'

사자 입에 손을 넣어 거짓말을 한 사람은 그 사자가 물어 버린다는 사자 상像 앞에 선 사람들처럼 모두 웃옷을 벗고 선생님 앞을 지나갔다.

"너, 너 이놈! 이리 나와!"

다행히, 천만다행히 나는 아니었지만 분명 어제 수박서리하러 같이 갔던 친구 중 하나였다.

'어떻게 아셨지? 표정 관리를 잘 못 했나? 날 봐, 나를!

늠름하게 빠져 나오잖아?'

의기양양하게 웃옷을 다시 입었다. 그 친구는 선생님과 함께 교무실로 갔다. 우리는 모든 일이 다 끝난 양 안도의 한숨을 쉬며 또 쉬는 시간까지 양껏 놀았다.

오후 둘째 시간에 들어오신 선생님의 표정은 아까보다 훨씬 더 험상궂게 변해 있었다. 그리고 무슨 명단 같은 것을 갖고 계셨다.

"지금부터 호명한 학생은 앞으로 나온다!"

몇 명 이름을 부르는데 어김없이 내 이름도 거기 있었다. 하늘이 노오랬다. 그리고 우리는 줄줄이 교무실로 끌려 들어갔다. 여덟 명이었다.

얼핏 수박밭 주인의 얼굴이 보이는 것 같았는데, 그 다음부터는 고개를 들지도 못했다. 무슨 굴비 엮이듯 교무실 마룻바닥에 무릎을 꿇고서 우리의 행적을 다 알고 계시는 듯한 선생님의 취조에 정확하게 큰 소리로 답해야만 했다.

그래도 그 시절에는 인정이란 게 참 많았나 보다. 지금

같으면 어림도 없을 처분이 내려졌다. 반성문 열 장씩 쓰기, 향후 그 집 수박밭에 무슨 문제가 생기면 여덟 명이 연대 책임을 질 것.

우리는 그 집 수박밭 수확이 다 끝날 때까지 불침번을 서야 했다. 덕분에 수박밭 주인아저씨는 이후 편한 잠을 잤다나, 어쨌다나?

그런데 우리 선생님은 어떻게 서리한 그 친구를 콕 집어 냈지?

용하다!

아버지의 가르침

아버지는 거대한 벽이었다. 큰 산이었고 깊은 물이었다.

누나 다섯 다음에 태어난 아들에 대한 기대 때문이었을까? 아버님은 내 교육에 가혹할 정도로 철저하셨다.

우연히 한 번 꼽아 본 적이 있는데, 사람이 평생을 살아가면서 꼭 필요한 지식은 물론이고 단 한 번이라도 써먹을 일이 있을까 싶은 사소한 잡학 등 400가지 정도 되는 것 같았다. 선친께서 가르쳐 주셨던 단편적 지식 개수이다.

밥상머리 식사 예절부터 관상에 사주팔자, 심지어 한약 처방과 풍수지리 같은 것까지 생활과 관련된 모든 것이 아버님의 교육 대상이었다.

때와 장소도 가리지 않았다.

일요일 모처럼 친구들과 놀러 갈 약속을 하고 나가려는 참에 불러서는 "밥 먹지 않으려면 나가라"고 하는 식이다.

또 한 번은 놀러 나가자고 찾아온 친구 셋을 들어오게 해 무릎 꿇려 앉히시고는 성씨姓氏와 본관本貫부터 집안에서 하고 있는 인사범절까지 꼬치꼬치 물으시고는 '끊임없이' 예절 교육을 하셨다. 자그마치 두 시간이 넘도록. 그 후 그 친구들이 두 번 다시 집으로 찾아오지 않은 것은 물론이다.

그러나 아버님의 '진짜' 교육은, 가르침이라고 따로 정

아버님의 부재不在가 아쉽다. 안타까이 그 가르침을 그리워한다.

할 수 있는 것이 아니었다. 어쩌면 아버님의 일상생활, 그리고 존재 그 자체가 어떤 교육보다 더 엄정하고 치열한 가르침이었다고 하겠다.

한 마디로 하자면 그것은 '권위權威' 였다. 아버님의 학식과 지위, 그리고 철저한 자기 관리에서 저절로 우러나오는 것이었다.

그 앞에 있으면, 아니 전화할 때 심지어 '아버님' 이라는 말을 하거나 머리에 떠올리기만 해도 저절로 스스로를 돌아보게 하는 큰 틀이고 거울이었다.

아버님은 매일 똑같은 시간에 잠자리에서 일어나셨다. 4시 30분. 간단하게 맨손운동을 하시고는 몇 가지를 암송하셨다. 수심修心 · 수신修身에 필요한 덕목德目이나 24절기節氣, 심지어 고려와 조선조의 왕王 이름까지 포함된 것이었다.

그리고 5시가 되면 나를 깨우시는 것이다.(군대에서 아침 6시 기상이 얼마나 반갑던지!)

아버님은 또 평생 동안 그릇에 담긴 밥의 팔 할 만을 드셨다. 중국집에서 자장면을 드실 때도 그랬다. 배가 부르도록 먹는 것을 '식충이'라며 경계하셨다.

한 번도 술 드시는 것을 본 적이 없다. 밖에서는 어떠셨는지 모르지만 적어도 집에서는 아니었다. 술 냄새를 풍기신 적도 없으니 밖에서도 거의 들지 않으셨을 것이다.

담배는 잠시 피우셨던 것으로 안다. 아버님이 십대 중

반 무렵 담배를 피우다 할머니(아버님의 어머님)에게 들켰는데 "나라꼴이 이런데 담배나 피우느냐!"는 꾸지람을 들은 이후 다시는 피우지 않으셨다고 한다.

어느 부분에서는 나는 아버지가 싫었다. 당신의 탁월한 능력이 부담스러웠고, 엄정한 자기 관리가 힘들었다. 단단한 새장에 갇혀 있다는 느낌에 괴로웠다.

큰 산 깊은 물 같은 포용력까지, 어떻게 해도 그 굴레를 벗어날 수 없다는 것을 확인해 줄 뿐이었다.

그래서 더 발버둥치듯 무슨 일에나 몰두했는지 모른다. 그 틀을 벗어나기 위해서, 독립하기 위해서 말이다.

나는 마침내 독립했다.

어느 날 노쇠한 아버지에게 "이제 독립하겠어요!"라고 선언하면서 나는 승리한 것처럼 느꼈다. '아버지의 틀'은 더 이상 나에게 맞지 않다고, 그래서 나는 그것을 부수고 나왔다고 생각했다.

그리고 어느 날 나는 아들들을 바라봤다. 거기 내가 있었다. 아버님이 나를 보고 있는 것이었다.

나를 만든 것은 아버님이었다. 아버님의 가르침이었다. 매서운 꾸지람도, 촘촘한 지식도, 엄격한 처신도 모두 나에게 전해져 나를 규정한 것 아니겠는가.

내가 아들들을 지켜보며 모자라지 않게 힘을 북돋워 주고, 지나치지 않게 돕는 것이 다 아버님으로부터 나온 가르침 덕분 아닌가 말이다.

그러므로 나는 아버님의 부재不在가 아쉽다. 안타까이 그 가르침을 그리워한다. 나도 큰 산 깊은 물이 돼 넉넉하게 내 아들들을 껴안고 보듬을 수 있기를 다짐한다.

나도 새끼를 기르고 가르쳐야 하는 아버지 아닌가!

연鳶

갖고 싶었다,

엄청! 날리고 싶었다, 무척!

하지만 실제로는 연鳶의 살대 하나 마련하기도 어려웠다. 왜? 아직 어려서 대나무를 구해 살대를 깎기도 어려웠지만, 엄격한 아버지 눈을 피해 장난감을 만들고 더구나 갖고 논다는 것은 생각하기도 어려운 일이었다.

적어도 그때에는 죽는 것만큼이나 어렵고 힘든 일이었

다. 초등학교 2학년이었다.

하여튼 끔찍이도 갖고 싶은 그 연, 꿈에서도 그리던 그 연을 가질 수 있는 좋은 기회가 생겼다. 새해 설날에 세뱃돈이 생겼고, 마침 아버지께서 급한 일 때문에 출타하신 것이다. 물실호기勿失好機라 했던가! 세뱃돈을 움켜쥐고 냅다 문방구점으로 뛰어갔다.

지금도 기억이 생생하다. 내 머릿속에 든 것은 딱 세 가지! 연, 자세(얼레의 사투리, 연실을 감는 도구) 그리고 실.

문방구 주인이 놀랄 정도의 속도로 집으로 돌아왔다. 어머니 양 손목에 실타래를 걸어 놓고는 자세에 실을 옮겨 감았다. 그리고 그 실 끝에 연을 달았다. 마침내 꿈에도 그리던 연을 날릴 수 있게 된 것이었다.

'됐다, 이제 됐어. 이제 날리기만 하면 돼!'

조심하라는 어머님의 말씀을 귓전으로 흘리며 다시 부리나케 뛰었다. 평소 점찍어 두었던, 뒷동산 양지 바른 곳

연 날리기에 안성맞춤인 장소로 말이다. 연을 날린다는 내 생각은 아마 빛의 속도보다 더 빨랐을 것이다.

그리고, 나는 날렸다. 연을 날렸다. 하늘 높이 날렸다. 평생의 소원이 다 이뤄진들 이렇게 기쁠까!

이렇게 기쁘고 즐겁고 가슴이 뻥 뚫리는 것을, 이 좋은 것을 못 하게 하시다니!

온통 흥분된 마음에 언뜻 아버지에 대한 원망이 떠오를 정도였다.

어쨌든 처음이자 마지막이 된 그날의 연날리기는 순풍에 돛 단 듯했다. 하늘 높이, 아득하게, 까마득히 연이 보이지 않을 만큼 멀어져 갔다.

불안한 생각이 들었다. 혹시 실이 끊어지지는 않을까? 이대로 사라져 버리는 것은 아닐까?

이제 실도 얼마 남지 않아 되감아야겠다고 느낀 순간, 스르르릉 계속 실이 풀려 갔다.

아! 맙·소·사!

실끝을 연 자세(얼레)에 묶어 두지 않았던 것이다.

실끝은 바로 눈앞에서 멀어지고 있었다. 아니 내 손에서 빠져나가 도망치고 있었다. 지금도 눈에 선하다, 달아나는 그 실끝!

허겁지겁 쫓아가 봤지만, 실끝은 밭두렁을 지나 어느 집 지붕을 넘어 어느새 시야에서 사라지고 말았다. 덩그러니 손에 남은 연실 없는 빈 자세! 빈 자세를 내려다보고, 끝없이 펼쳐진 하늘을 우러러보고, 터벅터벅 집으로 돌아갈 수밖에 없었다.

이삭줍기

무슨 일을 할 때 몸과 마음을 단정端正하게 하는 것은, 끝이 잘 여며지고 단단히 매져 있어야 흔들리거나 무너지지 않기 때문이다. 처음 시작할 때 그 끝을 예상하지 못하면 낭패를 보기 쉽다.

운수 좋은 날

모든 일, 특히 놀이가 그렇듯 유독 잘 되는 날이 있다. '그분' 이 오시는 날인 것이다. 확실히 그렇다. 나는 그것을 믿는다.

바로 그날이 그랬다.

어린 시절 딱지치기는 흔하지 않은 놀이 중에서도 무척

중요한 몫을 했다. 딱지는 보통 다 쓴 공책이나 버리는 책 그리고 신문처럼 쓸모없는 종이로 만들었다. 가끔 날짜 지난 달력이나 헌 책 표지 등으로 만든 빳빳한 왕딱지가 '왕초' 로서 귀한 대접을 받았다.

딱지의 무게나 크기, 그리고 재질은 상관없었다. 아무 딱지로나 '참전(!)' 하여, 교대로 한 번씩 바닥에 내리쳐서 상대편 딱지가 뒤집어지면 '따 먹는' 식이었다.

평소 나는 딱지치기를 썩 잘하지는 않았다. 주로 잃는 편이었다. 그런데 그날은 유난히 잘 됐다. 왜 그런 날이 있지 않은가? 어떻게 해도 나한테 이롭게 되는 것 말이다. 즉 '그분' 이 오신 것이다.

그 동안 응어리진 패배의 한恨풀이라도 하듯 무적無敵 상승常勝의 실력을 발휘하고 있었다. 살다 보니 이런 날도 있구나 싶었다.

동무들은 난리가 났다. 증자增資 격으로 새 딱지를 만들어 오기도 하고, 숨어 있던 타짜(실력자)를 불러 오기도 했다. 판은 커지고 분위기는 과열過熱되고 있었다. 그러나 고수가 끼어들어도 내 기세를 꺾지는 못 했다.

마침내 놀이 방법을 바꾸자는 말이 나왔다. 한 장씩 뒤집어 먹는 것이 아니고 동그라미를 그려 놓고 그 안에 딱지를 놓은 다음 여덟 걸음이나 열 걸음 떨어진 곳에서 돌을 던져 빼먹기로 하자는 것이었다.

당시 초등 1학년이었던 나로서는 형들 말을 듣지 않을 수 없었다. 자의 반 타의 반 제안을 받아들였다. 워낙 밑천이 두둑해져서 여유가 생긴 까닭도 있었다.

그런데 이럴 수도 있나! 오히려 이전 방식보다 더 잘 됐다. 시간이 흐를수록 동네 딱지가 거의 다 내 주머니 속으로 들어오는 것 같았다. 그렇게 기쁠 수 없었다.

어느덧 해가 기울고 땅거미가 질 무렵이 되면서 그날의 대첩大捷도 끝났다. 내가 딴 딱지는 주머니라는 주머니를 다 채우고도 남아서 옷 속에 집어넣어야 했다. 배가 불룩해졌다.

나는 배를 잔뜩 내민 채 개선凱旋 장군처럼 방에 들어서자마자 딱지를 쏟아 냈다. 흙이 묻어 있는 것쯤은 아무 일도 아니었다. 방바닥이 더러워지는 것도 상관없었다.

놀이에서 이겼고 그 전리품戰利品으로 딱지를 엄청나게 많이 땄다는 것만이 중요했다. 큰 자랑이었던 것이다.

"엄마, 딱지!"

그러나 말이 채 끝나기도 전에, 어머니가 크게 칭찬하시리라는 내 기대는 산산이 부서지고 말았다. 어머니의 눈꼬리가 치켜 올라가고 표정은 일그러졌다. 그리고 내뱉은 한 마디.

"그것 당장 갖다 버리지 못 해? 변소에 버려! 이놈아, 기껏 학교 가서 배운 것이 딱지치기냐?"

당시 변소는 대개 푸세식이었다. 거기 버린다는 것은, 그 소중한 딱지를 아예 하나도 못 쓰게 된다는 의미였다. 눈물이 났다.

나는 딱지를 변소에 비치된 휴지통에 버렸다. 사실은 보관, 아니 모셔 뒀다는 것이 맞을 것이다. 혹여 다음에 쓸 것을 생각해 왕초 딱지를 가장 밑바닥에 뒀다. 그 '왕초' 는 어차피 휴지 역할을 하기는 어렵기도 했으니까.

나는 어머니 말씀을 거역하지 않았다. 내 욕망(!)을 포기하지도 않았다. 잘 협상한 것이다. 운수 좋은 날, 저녁을 거르면 안 되지 않겠는가!

이삭줍기

복불부행福不復行이라 했으니 어찌 좋은 일만 있기를 바라겠는가. 오히려 화불단행禍不單行의 엄중한 경계警戒를 새겨야 할 일이다.

인사를 잘하려면

아버님 가르침 가운데 비중이 가장 크고 빈도가 높은 것이 인사와 관련된 것이었다.

지금 나한테는 다 생활화된 것이지만 그때는 왜 그래야 하는지 납득하기 어려운 것이 적지 않았다.

그 가운데 하나, 인사는 꼭 같은 위치에서 주고받으라

고 하셨다. 즉 나이나 사회적 지위 등 자신의 높고 낮은 것과는 상관없이 대등한 조건에서 인사하라는 것이다.

나는 계단에서는 물론이고 보도步道와 차도車道에서 인사할 때도 같은 위치에 있으려고 노력했다.

차 안에 앉아 밖에 서 있는 사람에게 인사하거나 받지 않았다.

무슨 까닭일까? 높은 사람이 위에서 인사 받는 것 그리고 낮은 사람이 아래에서 인사하는 것은 괜찮지 않을까? 아니 그것이 더 인사의 본뜻에 맞는 것 아닐까?

그러나 시간이 흐르고 세상을 배워 가면서 알게 된 것이 있다. 인사의 기본은 사람이며, 사람은 모두 평등한 존재라는 것이다. 자신을 비하하면서 상대를 높이는 것이나 스스로를 높이면서 다른 사람을 낮추는 것은 인사가 아니라는 것이다.

상대를 바로 대하면서 그에게 집중하고, 성의를 다해

공경하고 아끼는 뜻을 표하는 것 그것이 바로 인사이니, 높고 낮은 차이에 있지 않아야 한다는 것 아니겠는가!

그러므로 나는 지금도 늘 살핀다. 나의 자리가 너무 높거나 낮지 않은지, 내 태도가 지나치거나 모자라지 않은지 말이다.

지공도사 소회所懷

'겨우, 드디어, 마침내, 가까스로, 어쩌다 보니, 어쩔 수 없이' 나는 '지공도사' 가 됐다.

지공도사라 하니 무슨 훌륭한 승려의 법명 같기도 하고, 흔한 무당의 간판에 어울릴 것 같기도 하다. 무엇이건 무슨 상관이랴!

사실 지공도사란 '지하철을 공짜로 탈 수 있는 노인' 이다. 즉 65세가 넘어 복지 혜택을 받을 수 있게 됐다는 것이다.

어쩌면 나이 든 데 대한 슬픔이나 억울함이 들어 있는지 모른다. 혹은 여기까지 잘 견뎌 왔다는 것에 대한 기꺼움이 더 클 수도 있다. 나는 그런 것이 다 섞여 있다고 본다.

평균 수명이 80세를 넘고, 걸핏하면 노령화 사회가 됐다고들 떠들어 댄다. 과거에 환갑잔치를 하고 70세면 고래희古來稀라고 큰 경사로 여겼던 것에 비하면, 세상이 바뀐 것을 실감할 수 있다.

그런데 문제는 노인이 귀찮은 존재처럼 취급되고 있다는 것이다. 생산력은 없고 보살핌만 필요한 잉여물剩餘物로 여기는 풍조가 널리 퍼지는 상황이다. 심지어 언론 등을 통해 조직적으로 그런 분위기를 조성하고 있다는 느낌도 든다.

오죽하면 인생 오복五福에 하나를 더한다면 어떤 것이 있겠느냐는 설문에 '조실부모早失父母'라는 답이 가장 많

회사에서 강연 도중

았다는 보고까지 나오겠는가!

그러나 '나이는 숫자에 불과하다' 라는 상식적인 표현부터, 육체적 물리적 힘은 물론이고 지적 능력에서도 얼마든지 기계로 대체할 수 있는 최첨단 과학 발전에 이르기까지 과연 노인을 폐기물로 처리하는 것이 합당한가?

꼭 노인을 공경해야 한다는 윤리와 도덕을 들먹이지 않

더라도 말이다.

젊음은 '늙어보지 못 한' 결핍缺乏이며 아무리 좋게 보아도 미숙未熟일 뿐이다. 과거의 젊음으로부터 비롯되지 않은 늙음이 어디 있는가.

더구나 늙음은 젊음의 혼돈을 겪고 절망을 견디고 한계를 이겨 낸 찬란한 결과 아닌가!

그렇다. 지공은 지공至公이며 지공至恭이고 지공知空이니, 지극히 공평하고 지극히 만물을 공경하며 마침내 텅 빈 것의 실체를 안다는 것 아닌가.

대사는 대사大事며 대사大使, 대사大師, 대사大士일 터이니, 큰일을 다루는 큰 일꾼이며 큰 깨달음을 얻은 스승이요, 선비라는 것 아니겠는가!

그러므로 '지공대사'가 소중하다. 65년을 살아오면서 겪은 숱한 경험과 그 과정을 통해서 체득體得한 지혜가 자랑스럽다.

나는 '당당하게, 자랑스럽게' 지하철을 탄다. 내가 이 사회를 위해 기여한 만큼 주어지는 내 몫이다. 어떤 기술과 재주로도 쌓을 수 없는 연륜 예순다섯 성상星霜! 그 당연한 보상을 받는 것이다.

나는 지공대사다!

추웠다! 따뜻해졌다!

날씨가 되게 추웠다. 하긴 남쪽에서만 살다가 북쪽 강원도, 그것도 양구라는 듣도 보도 못했던 동네에 발을 들여놓았으니, 추웠다. 온 몸이 추웠다.

마음은 더 추웠다.

군의관으로 우여곡절 끝에 부임하기는 했는데, 여기도

썩 만족스럽지는 않았다. 지상천국이 아니었다는 것이고, 내 마음대로 살 수는 없었다는 것이다.

사실 근무 여건은 더 없이 좋았다. 그런데 말을 제대로 할 수가 없었다.

말할 자유도 없었느냐고? 그 곡절을 풀어 봐야겠다.

내가 소속된 부대에는 군의관이 치과 포함 12명 있었다. 서울 출신이 6명(서울대 고려대 연세대 각 1명)이고 지방 출신이 대구, 대전, 광주까지 6명이었다.

그런데 서울 출신이야 그렇다지만 나머지 지방 출신들도 거의 사투리를 쓰지 않는 것 아닌가! 국어 교과서를 읽는 것 같은 군대 말씨를 '유창하게(?)' 사용했다는 것이다.

나는 태어나고 성장한 이후 다른 지방에서 생활한 것이 처음이었다. 아예 다른 말씨를 접해 볼 기회도 없었다. 그러니 회의를 하건, 잡담을 하건, 밥을 먹건, 술을 마시건 나는 거의 꿀 먹은 벙어리 꼴이었다. 입조심한다고 할 지경이었다.

겁도 없이(?!) 한 마디 꺼내면 전달하려는 내용은 둘째고, 정확하게 발음이 됐는지부터 문제되기 일쑤였다. 예를 들자면 전라도 사투리는 의사를 '으사' 라고 발음하는데 다른 지역 출신들은 그 말을 잘 못 알아 듣는다는 식이었다.

그러나 내 입을 닫게 만든 것은 그런 태생적인 한계(?) 때문만은 아니었다. 보다 심각한 원인은, 서울 출신들 실력이 좋았다는 점이었다. 특히 영어가 그랬다.

그뿐인가! 가끔 놀이로 하는 카드(홀라, 포커 등), 테니스는 물론이고 각종 보고나 발표까지 모든 것에서 나보다 뛰어났다. 해외 문물을 비롯해 새로운 문화를 빨리 접했기 때문 아니었을까?

그 정점에 있는 것이 하숙집에서 나와 한 방을 쓴 'ㅈ' 중위였다. 그는 거의 모든 분야에서 특출했다. 당연히 어떤 결정을 해야 할 때는 매번 그의 눈치를 보고 입만 쳐다보는 식이었다.

그런 그와 한 방을 쓰게 됐으니, 한편 엄청 부담이었지만 다른 한편으로는 참 다행이었다. 왜 그런 것 있지 않은가? 1인자와 가까이 있는 사람이 2인자인데, 나는 그와 한 방에서 생활하니 자연스럽게 '확실한' 2인자가 되더라는 것이다. 나는 2인자 역할을 즐겼다.

그런데 그 '달콤한 안주'에 변화가 생긴 것이다.

당시 우리 동료들은 경비를 쓸 경우 각자 분담했다. 요즘 식으로 더치 페이였다. 그러니 월급 액수가 같을 뿐 아니라 사용 날짜, 내용 등이 거의 비슷했다. 심지어 이발, 목욕까지 동시에 함께 했으니까.

그러던 어느 날 ㅈ중위가 집에 다녀 올 일이 생겼다. 그는 쓸 일이 많다며 돈을 빌려 달라고 간청(!)했다. 월급 받고 딱 20일이 지났을 때니 그는 물론이고 나를 포함한 모두는 돈이 거의 바닥난 상황이었다.

나는 다음 월급날 갚기로 다짐하는 그에게 돈을 빌려 줬다. 그때부터 다음 월급날까지 무일푼으로 보낸 10일 간은 정말이지 힘들었다. 다들 짐작할 수 있으리라!

드디어 다음 월급날! 나는 빌려 줬던 돈을 받았다. 그리고 나는 깨달았다. 새로운 한 달을 시작할 때 나는 그의 두 배를 갖고 있었고, 그는 나의 절반뿐이라는 것 말이다.

그 차이는 엄청났다. 거의 똑같이 지출하는 생활에서 정량의 3분의 2로 생활한 그가 부도不渡 상황에 빠진 것은 너무나 당연한 귀결이었다. 딱 월급날 10일 전에 말이다.

그가 어떻게 했겠는가? 그는 한 달 전처럼 나에게 구원을 간청했다. 나는 20일분 자금이 남아 있었으므로 여유롭게 빌려 줬다.

그 다음달도 크게 다르지 않은 생활이 계속됐고, 그는 역시 또 돈을 빌렸다. 세 번째였다.

그리고 모든 상황이 변했다. 1인자와 2인자가 바뀐 것이다. 요즘 식으로 하자면 갑과 을이 바뀐 것 같은 천지개벽이 일어난 것이다.

그러나 참으로 중요한 변화는 나 자신에게 일어났다. 가능한 한 말을 많이 하지 않았던 나의 태도가 오히려 유리하게 작용한 것을 깨달았다.

나는 혹시 사투리가 튀어나와서 무시당하지 않을까 하는 생각에, 말하는 것에 굉장히 조심하고 있었다. 그런데 말을 많이 하지 않고 있으면 그 사람 눈치를 본다는 것을 알게 됐다. 즉 무는 개는 짖지 않는다는 것을 사람들이 본능적으로 알고 있더라는 것이다.

판도는 물이 높은 곳에서 낮은 곳으로 흐르는 것처럼 자연스럽게 정리됐다. 그때까지 의사 결정 대부분을 주도하던 ㅈ중위가 어느 순간부터 내 눈치를 살피는 것이었다. 그 결과 당연히, 12명 군의관들의 모임도 나를 중심으로 움직이게 됐다.

나는 달콤한 보상을 톡톡히 받았다. 단지 10일 동안 배고픔을 견디고 말하고 싶은 갈망을 조금 참은 것뿐인데, 뛰어난 구성원들로 이루어진 집단을 장악하고 이끌게 된 것이다.

털 달린 돈

병원을 열고 얼마 지나지 않아 한 친구가 찾아왔다. 고등학교 1학년 때 헤어진 후 거의 20년 만에 만났으니 놀랍고 반가울 따름이었다.

그러나 친구는 권하는 커피를 기어이 물리쳤다. 당시에는 대부분 다방에서 차를 시켜 마셨는데, 그런 점이 부담스러워서 그러나 싶어 농담 삼아 '이 사람아, 내가 커피

한 잔 살 정도는 되네' 했더니 친구가 정색을 하며 묻는 말이 의외였다.

'우리나라에서 커피 나는가?'

나는 작지만 거센 충격을 받았다. 자리를 고쳐 앉으며 그 친구를 다시 살펴봤다. 적지 않은 세월의 더께를 뚫고 어렸을 적 친구의 모습이 희미하게 떠올랐다. 그리고 내가 호기심으로 바라봤던 '털 달린 돈'의 비밀이 차츰 뚜렷해졌다.

중학생 때 우리가 할 수 있는 놀이는 극히 적었다. 그래도 친구들과 어울려 다니는 재미가 쏠쏠했는데 어떻게든 돈은 필요했다. 다들 용돈이 넉넉하지는 않았기 때문에 뭘 먹거나 어디를 갈 때 비용을 각자 나눠서 내곤 했다. 요즘 말로 하자면 더치페이를 했던 것이다.

당시 우리가 가질 수 있는 돈은 1원 5원 10원짜리가 대부분이고, 기껏해야 50원짜리 정도였다. 100원 500원짜리는 구경하기도 쉽지 않은 고액권이었던 것이다. 1원 5

원 10원짜리는 동전과 지폐 두 종류가 있었다.

내가 '털 달린 돈'에 궁금증을 갖게 된 것은 지폐 때문이었다. 이 친구가 돈을 꺼낼 때 보면, 그의 지폐에는 털이 달려 있는 것 같았다. 쉽게 말하자면 돈 가장자리에 보풀이 일어난 것이 꼭 털처럼 보였던 것이다.

20년 만에 만난 친구가 커피를 거절하면서 한 말을 듣고, 나는 비로소 '털 달린 돈'의 비밀을 깨닫게 된 것이다. 그렇다. 친구는 한 번 주머니에 들어간 돈은 거의 꺼내 쓰지를 않았고, 그러다 보니 주머니에 손을 넣고 뺄 때마다 지폐가 닳아, 보풀이 일고 '털 달린 돈'이 된 것이었다.

친구가 고교에 입학하자마자 부친이 작고하셨고, 그는 5형제의 장남으로서 어머니를 도와 살림을 꾸려 가야 했다. 학교도 중퇴하고 서울로 올라가서, 온갖 고생을 다 겪었다. 동생 넷 모두 대학을 마치게 하고 결혼까지 시켰다. 나를 찾아와 만났을 당시에는 국내 대기업 계열사(현

대에스컬레이터)의 기술 담당자였다.

그는 모든 직원이 꺼리는 시외 출장을 오히려 반겼다고 한다. 출장지에는 야간열차를 타고 가서 새벽에 도착했다. 일과 시간 개시와 함께 작업을 시작하니 고객들이 예상한 시간보다 빨리 마무리할 수 있었다. 고객들은 당연히 감동했고 극진한 대접을 받았다. 시간과 경비를 절약한 것은 부차적인 이익이었다.

그가 가족을 돌보면서 상당한 부富를 이루고, 성공적인 삶을 살아온 바탕에는, '잘 쓰는 것' 이 있었다고 생각한다. 그는 시간을 잘 썼고, 돈을 아껴 썼고, 궁극적으로는 마음을 넉넉하게 썼다. 시간을 허투루 흘려 보내지 않았고, 돈을 낭비하지 않았고, 자신이 가진 것을 움켜쥐고만 있지 않았다. 그는 그 결과 성공한 것이다. 아니, 그 과정 자체가 이미 성공이지 않겠는가.

그리고 나 또한 성공한 것 아닌가! 이런 소중한 깨우침을 얻다니! 그런 계기를 마련해 주기 위해 일부러 먼 길을 오는 친구가 있다니! 그저 감사할 따름이다.

우리 사회의 일반적 성공의 개념을 설정하고, 궁극적으로는 사회 전체의 성공을 지향해야 한다는 것입니다.
함께 성공적 삶을 사는 것, 그것이 성공의 진정한 의미이며 목표입니다. 우리는 성공해야 하고, 지금껏 성공해 왔으며 앞으로도 성공할 것이기 때문입니다.

Ⅲ

서로 돕는 삶

과거, 현재, 미래

세상 만물은 시간 속에 존재한다고 합니다. 시간이 없으면 어떤 것도 존재할 수 없다고 하지요. 사실 어떤 예외도 조건도 없이 우리에게 주어진 것이 시간이라는 점만으로도 시간의 중요성을 알 수 있습니다.

그 시간을 구분하는 것이 과거 현재 미래입니다. 구분

이 무슨 의미가 있을까 의심스럽기는 합니다. 현재를 기준으로 할 때 한 순간이 지나면 과거가 되고 아직 오지 않은 한 순간이 바로 미래니까요. 순간은 순간에 지나가는데 끊임없이 흐르는 시간을 나누고 가른다는 것이 불가능하지 않을까 생각해 봅니다. 그러니까 과거 현재 미래는 우리가 해 왔던 것, 하고 있는 것, 해야 할 것 정도로 구분하는 것이 더 의미가 있을 것 같습니다.

과거는 되돌릴 수 없으니 돌이켜볼 필요도 없습니다. 이미 시위를 떠난 화살이요 쏟아진 물이요 지나가 버린 세월 같은 것이겠지요. 아쉽고 안타깝고 걱정스러워도 어떻게 할 수 없다는 것입니다.

그렇다면 과거는 우리 삶과 아무 관계 없고 그저 추억하는 대상일 뿐일까요? 아니면 과거를 돌아보며 후회하고 좌절하고 절망하기만 해야 할까요?

사실 과거는 최고의 교사입니다. 또 토대입니다. 우리는 지나간 성공과 실패에서 교훈을 얻어 왔지 않습니까? 또 그 생생한 삶의 토대에서 항상 새롭게 출발하지 않았습니까? 과거는 우리를 있게 한 절대적 존재입니다. 그것을 벗어날 수 있는 길은 없습니다. 과거에서 배우고 힘을 얻어 우리는 미래로 향하는 것입니다.

현재는 불안합니다. 모든 것이 가능할 것 같고 어떤 것도 불가능할 것 같습니다. 모래시계의 모래처럼 현재는 확실히 과거로 사라지는데 미래는 전혀 알 수 없으니까요.

그래서 앞으로 나아가야 합니다. 걱정하면서 망설이거나 머뭇거리기만 하는 동안에도, 현재는 멈추지 않고 과거가 되고 있기 때문입니다. 현재는 실행의 시간입니다. 과거를 돌이킬 수 없는 것처럼 현재를 잡을 수도 없습니다. 그래서 바로 지금 우리는 우리의 일을 해야 하는 것입니다.

미래는 누구도 정확하게 알 수 없는 불확실한 것입니다. 최고 성능의 슈퍼컴퓨터조차 내일 날씨를 예측 짐작할 수 있을 뿐, 완벽하게 아는 것은 아닙니다. 그렇다면 내일 일은 알 수 없는 것이니 손 놓고 있어야 할까요?

우리는 과거에서 배우고, 현재 실천하며, 미래를 대비해 계획을 세워야 합니다. 상황이나 여건을 우리 뜻대로 만들 수 없고 어떻게 바뀔지 알 수도 없지만, 우리의 목표를 이루기 위해 우리가 할 수 있는 최선을 다해 준비해야 한다는 것입니다.

목표는 가능한 한 크게, 실행 방법은 할 수 있는 한 구체적으로 마련해야 합니다. 그런 과정을 통해 불확실한 미래가 차츰 실체를 드러내고 우리에게 손을 내밀어, 우리를 성공의 현재로 이끌고, 과거를 아름답게 장식할 것입니다.

생각의 힘

중석몰촉中石沒鏃이라는 말이 있습니다. 돌에 화살이 박힌다는 말입니다.

옛날 중국에 이광李廣이라는 활 잘 쏘는 장군이 있었습니다. 어느 날 해질 무렵 들판을 가다가 호랑이 한 마리를 보고 활을 쐈습니다. 화살이 적중했는데 호랑이는 꿈쩍도 하지 않고 있었습니다. 이광이 이상한 생각에 다가가 보니 그것은 호랑이가 아니라 호랑이 모양을 한 바위였습니다. 화살은 바위에 박혀 있었지요. 이광은 다시 바위를 향해 활을 쏴 봤지만 화살은 튕겨 나올 뿐이었습니다.

이광은 바위라고는 생각도 하지 않고 호랑이를 잡는다는 생각으로 활을 쐈습니다. 당연히 화살이 호랑이에게 박힐 것이라고 생각했지요. 그 생각이 화살을 돌에 박는 힘을 발휘한 것입니다.

우리는 쉽게 포기합니다. 이것은 안 될 것이다, 나는 할 수 없을 것이다, 나는 능력이 없다, 나에게는 운이 따르지 않는다, 세상은 나한테만 불리하게 돌아간다, 모두들 나를 싫어한다 따위 소극적일 뿐 아니라 부정적인 생각에 빠져 있습니다. 결국에는 '세상은 다 이렇다, 별 가치 없는 것이다' 라는 극단적인 생각까지 하게 됩니다.

그러나 화살을 돌에 꽂히게 하는 초능력 같은 것까지 갖지는 못하더라도 우리가 얼마나 소중하며 위대하고 기적적인 존재인지를 생각해 볼 필요가 있지 않을까요?

어떤 첨단 기술로도 만들지 못한다는 우리 몸과 마음을 생각해 봅시다. 까마득한 옛날부터 헤아리기도 불가능한 수많은 고난과 역경을 극복하면서 지금까지 이어져 온 결과인 우리라는 존재를 생각해 봅시다. 아니 세상의 시작과 끝을 생각할 수 있는 우리의 능력을 생각해 보자는 것입니다.

살면서 겪는 여러 어려움이나 괴로움, 아픔을 보다 나은 곳으로 가기 위한 디딤돌이며 더 높은 곳에 오르기 위한 도약대로 생각하면 어떨까요? 그것만 견디면 우리의 노력이라는 화살이 성공이라는 돌에 깊숙이 박힐 것이라고 생각하는 것은요?

생존과 번영의 원칙

16,7세기 무렵, 아프리카 모리셔스 섬에 도도새라는 새가 있었습니다. 이 새는 큰 날개를 갖고 있었지만 날지 못했습니다. 초식성인 이 새는 나무 열매가 넘칠 만큼 많았고 천적조차 없어서 날아다닐 필요가 없었던 것입니다

그러나 대항해시대에 포르투갈 선원들이 섬에 들어오

면서 상황이 급변했습니다. 선원들은 영양 보충이 필요했는데, 날아서 도망가지 못하는 도도새는 좋은 먹잇감이 됐지요. 또 그들과 함께 들어온 다양한 동물들도 도도새의 알을 공격하게 돼, 결국 17세기 초 도도새는 지구상에서 영영 사라지고 말았습니다.

도도새는 왜 멸종했을까요? 바로 상황 변화에 제대로 대응하지 못했기 때문입니다. '새들의 낙원'이라고 할 만큼 좋은 여건이 치명적 악조건으로 변하는데도, 큰 날개를 더위를 식히는 부채 정도로밖에 쓸 줄 몰랐던 것이지요.

도도새는 환경이 변하는 것을 인지했다고 하더라도, 이미 퇴화해 버린 날개로는 도망칠 수 없었겠지요. 위기는 발등에 떨어진 불인데, 날 수 있는 힘을 갖기까지는 한참을 기다려야 했을 테니까요.

그래서 살아 있는 것은 생존을 위해 항상 변화에 대응할 역량을 갖춰야 하며, 그것을 지속적으로 발달시켜야 합니다. 변화를 완벽하게 예측하는 것은 불가능하기 때문에 가능한 한 최선의 대비를 하는 것이 중요할 것입니다.

적자생존適者生存이야말로 생명체의 기본이며, 최선의 존재 방식입니다. 개체는 각각 하나의 완성이 아니라, 그 종種 전체의 존립과 번영을 지향하는 것입니다. 생명은 존재하고 번영하기 위해 최선의 방법을 찾아왔던 것입니다.

인간이 바로 그렇습니다. 지금껏 혹독한 자연 환경과 참담한 사회적 파국을 극복하며 존립하고 있는 것은, 인간이 어떤 생물체보다 뛰어난 적응력을 가졌기 때문입니다. 굳세게 땅을 딛고 하늘을 바라보는 사람, 어찌 번영하지 않겠습니까!

성공의 요건

실패하기 위해 사는 사람은 없지요. 아니 생명이 있는 어떤 존재도 실패를 원하지는 않습니다. 모두 성공하고 완성하기 위해 생존하고 생명을 유지하며 번영시키려 하지요.

그러나 어떻게 해야 성공하는지를 규정하기란 쉽지 않습니다. 시기와 장소 그리고 해당되는 사람이 똑같지 않기 때문이지요. 그래도 인류가 지각을 갖게 되고 자신이 깨달은 것을 말이나 글로 전하면서 알려진 틀이 있습니다.

그것을 안다고 다 성공하는 것은 아니지만 성공하는 사람의 성공의 요건을 알아봅시다.

성공은 잘 포장된 꾸러미 하나가 있어서 그것을 찾아내는 것이 아닙니다. 우리가 만들어 내는 것입니다. 그리고 성공을 만드는 데는 과정이 있습니다. 누구나 알기 쉽고 실천하기 쉬운 것입니다.

혹시 모르고 있었다면 지금 이 순간 찬란한 축복이 쏟아지고 있는 것이며, 알고도 실천하지 않았다면 따끔한 채찍이 될 것이 확실합니다.

성공하기 위한 첫째 요건은, 마음가짐을 바르고 굳건하게 하는 것입니다. 성공해야 한다, 어떤 어려움이라도 극복한다, 할 수 있다와 같은 마음가짐이 갖춰져야 성공을 향해 제대로 나아갈 수 있습니다.

회사에 처음 출근하는 사원의 소감을 들으며

둘째는 목표를 정하는 것입니다. 뜬구름 잡는 식의 허황되고 막연한 공상, 망상이 아니라 실현 가능하고 명확한 것이어야 합니다. 가능한 한 원대하고 공익에 부합하는 것이어야 한다는 것은 말할 것도 없겠지요.

셋째는 세부적인 계획을 세우고 실천하는 것입니다. 연월일시年月一時 별로 작은 것부터 하나씩 실천해 가면 마침내 큰 목표를 이루게 됩니다. 한 걸음이 모여 천 리를 가게 되는 이치지요.

넷째는 실천의 결과를 평가하고 분석하는 것입니다. 먼저 마음가짐은 흔들리지 않았는지, 목표는 적절했는지, 세부 계획은 잘 세우고 제대로 실천했는지를 평가합니다. 그 다음 왜 그런 결과가 나왔는지 목표 달성과 실패의 원인을 분석하는 것입니다.

다섯째는 다시 목표를 정하는 것입니다. 그 동안 성공을 향한 노력과 그 성과를 바탕으로 새로운 목표를 설정하고 과정을 반복하는 것입니다.

이 과정을 제대로 해내고도 성공하지 못한 사람이 있을 수 있습니다. 그러나 확실한 것은 이 과정을 실천하는 것이 바로 성공 그 자체입니다. 자신감을 갖고 다른 사람을 존중하게 되는 것이 성공이라고 할 때, 이 5단계를 실행하는 사람이야말로 성공인이라는 것입니다.

성공이란 무엇인가?

모두들 성공하려고 합니다. 성공해야 한다고 합니다. 삶의 목표가 오직 성공인 것만 같습니다. 공부하고 좋은 직장을 갖고 사람과 관계하고 가정을 이루는 것 모두가 성공하기 위한 과정이며 도구이고 수단인 것처럼 보입니다.

그런데 과연 성공은 무엇일까요? 어떤 상태를 말하는 것인가요? 일정한 지위에 이르고 조건을 갖추는 것인가요?

도대체 우리 모두가 그렇게 간절하게 원하는 성공은 무엇일까요? 한 마디로 정의할 수 없는 복잡하고 애매한 개념일까요? 성공이 뭔지 알아야 그것을 지향하거나, 찾거나, 만들어 내거나 할 수 있지 않겠습니까?

성공이 무엇인지에 대해 세상 사람 모두가 똑같이 생각할 수는 없습니다.

어떤 사람은 길에서 호떡을 팔면서 성공했다고 하는가 하면, 다른 누군가는 가늠하기도 쉽지 않은 부富를 쌓고도 아직은 성공한 것이 아니라고 푸념하기도 합니다. 세계 선수권에서 우승한 달리기 선수는 더 큰 목표를 향한다며 성공이 아니라고 하고, 큰 부상을 입고 누워 있기만 하던 사람은 일어서는 것만으로 성공했다며 환호합니다.

성공은 사람마다 다 다르고 그것조차 때에 따라 변합니다. 겨우 기어 다니던 아기가 걸음마를 시작하고 결국 뛰게 되는 것처럼 우리는 성공한 순간 다른 성공의 대상을

회사 간부회의 도중

설정하게 됩니다. 그것을 의식하건 습관처럼 계속하건 말이지요.

혹시 처음 성공한 것으로 만족하고 더 이상 어떤 것을 원하지 않더라도 그 상태 자체가 성공의 다른 대상이 됐다고 할 것입니다. 인간은 한 순간도 생각하지 않을 수는 없으니까요.

그렇습니다. 우리는 이미 성공했습니다. 인간으로 태어나고 지금껏 성장해서 지금 이 자리에 있다는 것이 그 뚜렷한 증거입니다. 우리의 삶이 어제 끝나지 않고 오늘까지 계속됐다는 것 자체가 엄청난 성공이며 기적이지 않겠습니까?

다만 이 기적적 성공의 결과인 인간 사회에는 반드시 해결해야 할 것이 있습니다. 각 개인의 성공이 상충하는 경우입니다.

누군가는 물적 풍요를 성공으로 생각하는가 하면, 어떤 사람은 정신적 만족을 지향하기도 합니다. 여럿이 있는 복잡한 곳에서 자신을 드러내려고 하는가 하면, 깊은 산중에서 혼자 있으려고 기를 쓰기도 합니다. 심지어 범죄 조직을 만들어 성공했다고 만족하기도 하고, 나라를 팔아먹고도 성공했다고 자부하는 경우도 있지 않던가요?

개인적 성공이 다른 사람에게 피해를 주고 비난의 대상이 되고 법적 제재의 대상이 될 때 그것을 진정한 의미의 성공이라고 할 수는 없겠지요.

따라서 우리에게 중요한 것은, 우선 우리가 이룬 것, 즉 개인적 성공을 확실하게 인식하고 그것을 자랑스럽게 생각하는 것입니다. 그리고 그 성공을 기반으로 해서 한 걸음 더 앞으로 나아가야 합니다. 우리 사회의 일반적 성공의 개념을 설정하고, 궁극적으로는 사회 전체의 성공을 지향해야 한다는 것입니다.

함께 성공적 삶을 사는 것, 그것이 성공의 진정한 의미이며 목표입니다. 우리는 성공해야 하고, 지금껏 성공해 왔으며, 앞으로도 성공할 것이기 때문입니다.

아픈 만큼 성장한다

우리는 세상에 태어나면서부터 고난과 고통을 겪습니다. 오죽하면 삶이 고해苦海라고까지 했겠습니까. 우리가 아픔을 겪는 것 즉 고행苦行을 목표로 하지 않는다고 하더라도 우리는 아픔 없이 살 수는 없다는 뜻이겠지요.

누워만 있다가 엎드리고, 기고, 두 발로 서고 마침내 걷기까지 무수히 부딪치고 넘어지고 다치면서 아픔을 겪은 결과가 바로 우리 자신이니 우리는 고통의 결합체라고 할 수도 있겠습니다.

공부를 하는 것도, 체력을 기르는 것도, 심지어 사람과 사귀는 것도 모두 아픔을 겪지 않고는 제대로 성장하지 못하는 것이니까요.

그래서 삶을 살아가고 특히 성공을 목표로 한다면 숱한 어려움과 괴로움과 아픔을 동반자로, 아니 좋은 조력자助力者로 삼을 필요가 있습니다. '아픔을 겪은 다음에는 실력을 갖게 됐다' 또는 '아프고 나서는 크더라' 라는 발상이 중요하겠다는 것입니다.

자신의 작은 실수나 실패, 뜻하지 않은 상황 변화, 사회생활 중의 다툼, 심지어는 가족들로 인한 갈등까지 우리가 늘 겪는 아픔을 잘 받아들일 때 우리는 성장하고 그만큼 성공에 가까워질 것입니다. 아픈 만큼 성숙해질 테니까요.

아프면서 지식을 얻고, 몸에 힘이 생기고, 사람과 원만하게 사귀게 되고, 목표에 한 걸음 더 다가가게 됩니다.

인간은 기적적 존재

불교의 잡아함경雜阿含經에 나오는 이야기입니다.

큰 바다에 눈 먼 거북이 사는데, 천 년 만에 한 번씩 수면 위로 올라옵니다. 그 거북은 바다를 떠다니는 나무의 구멍에 머리를 넣고 쉬는데요, 나무를 만나지 못하거나 구멍에 머리를 넣지 못하면 다시 바다 속으로 들어가야 합

필자, 장남 그리고 어머니

니다. 거북이 나무 구멍에 머리를 넣을 수 있는 확률은 얼마나 될까요?

인간으로 태어나는 것이 저 거북이의 성공(?)만큼 어려운 일이라고 합니다.

더 과학적으로 생각해 볼까요? 남자가 평생 만들어 내

는 정자 수는 최소로 잡아 9조 개 정도라고 하지요. 여자가 만드는 난자는 400개 정도랍니다. 그러니까 단순하게 계산해 봐도 우리가 태어날 확률은 3천 6백조 분의 하나라고 해야겠지요.

상식적으로도 살펴봅시다. 우리 부모님 두 분이 만나고, 그 윗대의 조상님들이 생존하고, 이 나라에 태어나고, 지구와 우주가 생겨나는 것은 어떻게 가능했을까요?

또 인간은 수천억 개의 신경세포를 갖고 있으며, 그 연결을 통해 헤아릴 수 없는 능력을 발휘할 수 있다고 합니다. 보통 인간이 그 능력의 10퍼센트 정도밖에 쓰지 못하고, 천재라고 해야 15퍼센트 정도 쓴다는 것이 아쉽기는 합니다만 말이지요.

그래서 인간은 기적적인 존재라고 합니다. 인류 전체에 모범이 되고 큰 지식과 지혜를 전해 주기도 하는 성인, 현자, 위인들 때문이 아니라 우리 자신 하나하나가 기적적인 존재라는 것이지요.

그 소중한 존재라는 데 대한 자각과 자부심을 갖고, 언제나 어디서나 당당한 사람, 나 이외의 다른 사람도 그런 존재라는 것을 인정하고 존중하는 인물, 저는 우리가 그렇게 돼야 한다고 생각합니다. 저는 어떤 상황에서도 그것을 잊지 않으려고 노력합니다.

기적적인 존재 우리가 함께 한다면 반드시 기적적인 사회도 만들 수 있다고 확신합니다.

인공지능

최근 인공지능(AI, ARTIFICIAL INTELLIGENCE)과 관련한 논의가 활발해지고 있습니다. 구글이라는 업체가 개발한 바둑 프로그램(알파고)과 우리나라의 천재 기사 이세돌이 대국하면서 널리 알려지게 됐지요.

기계가 절대 인간을 뛰어넘을 수 없는 분야라고 단언했

던 것이 바둑이었습니다. 바둑이 처음 만들어지고 두어진 이래, 똑같은 판이 하나도 없다고 할 정도로 무한대의 가능성, 즉 수(手 혹은 數)가 있으니까요.

그러나 그런 단언의 바탕에는 인간이 기계를 통제할 수 있다는, 아니 그래야 한다는 당위론當爲論 같은 것이 깔려 있었던 것 같습니다. 많은 공상과학 영화나 소설에서 다룬, 기계가 인간을 지배한다는 내용과 관련한 선입견과 학습 효과가 있었는지도 모르지요.

그러나 이제 기계는 바둑에서만 인간을 극복한 것이 아닙니다. 신문 기사를 쓰고, 법률과 투자 자문을 하고, 환자를 진단하는 등 전문성을 필요로 하는 분야에서도 우위를 나타내고 있습니다. 심지어 그림을 그리고 음악을 작곡하는 등 감정과 정서를 필요로 하는 창작까지 해낸다고 합니다.

이제 인공지능은 1초에 단행본 3백만 권 분량의 정보를 처리하는 학습 능력으로 인간을 초라하게 만들 뿐 아니라 자기 미래를 스스로 설계하는 데까지 이르렀습니다. 사람이 설계하고, 제작하고, 동력을 제공하고, 시작을 명령할 필요가 없어진 것입니다. 자생력을 갖게 된 것이지요.

인공지능 중에 IBM이 개발한 WATSON이 있습니다. 그것에게 '인류'에 대해 물었더니 '멸종돼야 할 존재'라고 답했다고 합니다. 두려운 일이 아닐 수 없습니다.

인공지능이 사람의 통제를 벗어나, 스스로 생각하고 행동까지 할 수 있는 세상! 이것은 노동력을 대체하여 일자리 몇 개가 없어지고, 직업 자체가 없어지는 것 정도로 끝나지 않을 파국적 상황을 불러오는 것 아닐까요?

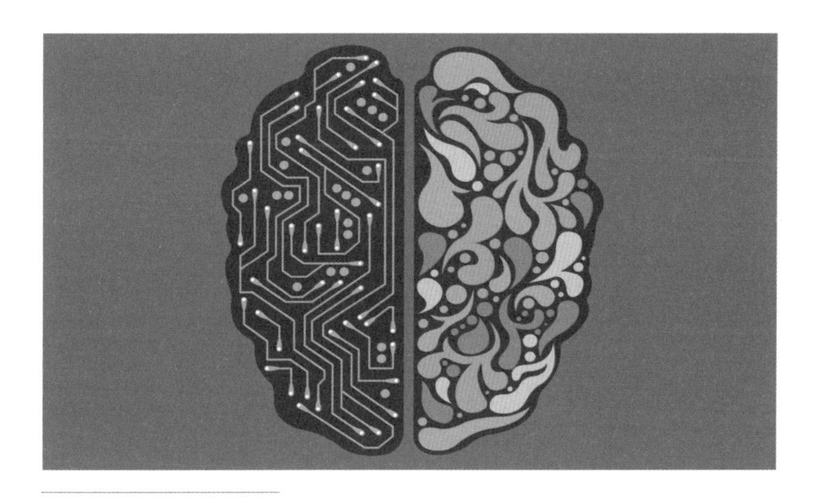

좌뇌의 논리적 수리적 역할과, 우뇌의 미적 창의적 역할을 묘사한 그림

그래서 스티븐 호킹 등 석학을 비롯해 빌 게이츠 등 거대 자본가들까지 앞다퉈 문제를 제기하고 해결책을 모색하자는 것 아니겠습니까.

그렇다고 인공지능을 비롯한 과학 기술의 발전을 멈추고 현 상태에 멈추거나 과거로 퇴보할 수도 없는 것이겠지요. 여기에 인류 전체가 당면한 문제의 심각성이 있을 것입니다.

나는 우리 인간의 역량이 하나하나 있는 그대로 드러나는 여건을 만들고, 그것을 어떤 제한도 없이 논의하며, 그 과정을 통해 얻어진 결과를 일관되게 실행하는 것만이 해결책이라고 생각합니다. 즉 여러분과 제가 만나서 아무 거리낌 없이 이야기함으로써 가정 · 이웃 · 지역사회 · 국가의 문제를 결정해 나간다면, 인공지능의 문제점은 말할 것도 없고 더 복잡하고 난해한 것도 해결할 수 있다고 확신합니다.

아무도 쉽사리 예측하지 못하는 인류의 미래, 그 큰 변수인 인공지능, 오직 우리 하나하나의 뜻으로만 처리할 수 있습니다. 꼭 그렇게 돼야 합니다.

인생오복

사람이 태어나고 죽을 때까지 한평생을 살아가면서, 갖기를 희망하는 다섯 가지가 있습니다. 하나하나를 복福이라고 하고 그래서 인생오복人生五福이라는 것이 생겼겠지요.

그것은 수壽 · 부富 · 강녕康寧 · 유호덕攸好德 · 고종명考終命입니다. 즉, 오래 살고, 부자이고, 건강하고, 주위에

덕을 베풀고, 자신의 행실로 인한 욕을 먹지 않고 죽는 것입니다. 가끔 유호덕攸好德이나 고종명考終命 대신 귀貴와 자손 번창 같은 것을 넣는 경우도 있습니다. 가치관에 따라 차이가 있지만, 잘 살아야 한다는 데 있어서는 모두 비슷하겠지요.

동서고금에 헤아릴 수 없게 많은 사람이 살았고 또 죽었지만, 이 오복五福을 갖춘 사람은 없었다고 합니다. 잠깐만 주변을 살펴봐도 누구 하나 예외 없이, 이것이 충족되면 저것이 부족하고, 이것에 만족하면 저것에 불만을 갖고 있네요.

더구나 요즘에는 계층이나 세대에 따라 복이 다르고, 서로 충돌하는 경우도 있다고 합니다. 수壽 · 부富 · 강녕康寧까지야 누군들 원하지 않겠습니까만, 유호덕攸好德은 쳐다보려고 하지도 않고, 고종명考終命이야 알 바 아니라는 행태가 적지 않습니다.

특히 서울 지역 대학생을 대상으로 한 설문 조사 결과가 놀랍습니다. 오복에 하나를 추가해 보라고 했더니, 조실

필자의 장남과 차남의 어린 시절

부모早失父母를 꼽았다고 합니다. 부모의 장수라는 복이 자식에게는 화禍가 된다는 것 아닙니까.

그에 대한 반감이 알게 모르게 작용했는지, 60세 이상인 사람들은 5복으로 건강 · 배우자 · 재산 · 친구 · 취미를 꼽는다고 합니다. 무자식 상팔자가 없어서 그나마 다행입니다.

세상이 급격하게 변화하는 데 따라 모든 가치 판단 기준도 흔들리고 있습니다. 이럴 때일수록 바탕을 튼튼하게 하고, 중심을 굳건하게 세워야 할 것입니다. 어쩌면 우리의 복이란 지금 여기 다른 사람과 함께 있으며, 더불어 살아갈 수 있다는 그것 정도면 되지 않을까 생각해 봅니다.

인생은 생각의 결과

지금 무슨 생각을 하고 계신가요? 혹시 아무 생각도 없이, 몸이고 마음이고 편히 놓아 버리고 계시는 것은 아닌가요?

사람은 사물을 인식하며, 감정과 지식으로 판단하고, 그 다음 생각한다고 합니다. 마음이라는 거대한 바다에 숱한 정보가 들어오고 그것을 처리하는 과정에서 생각은 마지막 단계라고 하겠지요.

불교에서는 일체유심조一切唯心造라고 합니다. '모든 것은 오직 마음이 만든다'는 말이지요. 물론 마음으로 자동차를 만들고 비행기를 날게 한다는 것은 아니고, 어떤 사물이나 현상을 어떤 관점으로 판단하느냐가 중요하다는 뜻이라고 하겠습니다.

식불감미食不感味라는 말도 비슷한 뜻이라고 생각합니다. 생각이 다른 곳에 있어, 음식을 먹어도 그 맛을 제대로 알지 못한다는 것이니까요.

어린애들도 입에 올리곤 하는 'Dreams come true!'라는 말도 비슷한 개념이라고 할 수 있습니다. 꿈꾸는 것, 즉 생각하는 것은 이루어진다는 것이지요. 결국 생각에 따라 일의 내용과 성패成敗가 정해진다는 말일 것입니다.

유지경성有志竟成이라는 말도 있습니다. 뜻을 갖고 꾸준하게 노력하면 반드시 이루어진다는 것입니다. 뜻이 생각의 결과로 나타난 것이라고 할 때, 생각의 역할과 중요성은 아무리 강조해도 지나치지 않을 것 같습니다.

또 사람은 생각하는 대로 행동하고, 행동하는 것은 습관이 되고, 습관이 성격을 만들고, 성격은 운명이 된다고 합니다. 생각한 것에 따라 운명이 결정된다는 것 아닙니까!

옛 어른들 말씀에 '폭을 잘 대야 한다'는 것도 있습니다. 어려움과 괴로움이 닥쳤을 때 '더 나쁜 상황이 될 수도 있었는데 이 정도라서 다행이다'라고 생각하는 것이 중요하다는 것이겠지요.

모든 조건을 자기 생각대로 할 수 있는 사람이 어디 있겠습니까! 자신은 대단한 존재라고, 지치지 않고 일하면 반드시 성공할 것이라고 생각하기만 하면 됩니다. 그 긍정적인 생각이 우리에게 성공이라는 달콤한 운명을 가져다 줄 것입니다.

인생의 목적

우리가 이 세상을 살아가는 데는 반드시 목적이 있을 것입니다. 출세해서 이름을 날리고, 돈을 많이 벌어 여유롭게 살고, 가족과 행복하게 지내고, 이웃을 도우며 화목하고, 나아가 온 인류가 번영하는 데 기여하는 것까지 여러 목적이 있을 수 있을 것입니다.

과연 우리 인생의 목적은 무엇일까요? 그 대답을 위해

꼭 해결해야 할 것이 있습니다. 바로 인간이라는 존재의 의미일 것입니다.

인간은 어떻게 생겨났을까요? 어떤 절대적 존재가 창조한 것일까요? 아니면 그냥 발생한 세포가 성장해서 분열하고, 그것이 다시 융합하고 발전해서 생겨난 것일까요.

누군가 창조한 것이라면, 왜 만들었을까요? 그냥 자연스럽게 생겨난 것이라면, 인간은 그냥 아무 가치도 존엄성도 없는 세포 덩어리일 뿐일까요?

세상의 지식을 다 모으고 살핀다 해도 쉽게 답을 못할 것 같습니다. 그러나 아무리 힘들고 어렵고 괴로워도, 꼭 답을 찾을 필요가 있는 것이 이 질문이라고 생각합니다.

그것은 확정적인 답이 있어서가 아니라 스스로에게 그 질문을 하고 성실한 태도로 꾸준하게 답을 찾는 과정이, 의미를 갖기 때문은 아닐까요? 인생의 의미를 찾으려는 사람이 게으르고 남에게 해를 끼치고 아무 생각 없이 하루하루를 보내지는 않을 테니까요.

인간은 언제 시작했는지조차 가늠할 수 없게 오랜 세월 동안 존재하면서, 멸종하지 않고 더구나 지속적으로 발전하고 번영을 이뤄 왔습니다. 많은 문제점이 있는데도 말입니다. 어쩌면 이것 자체에 우리 인간이라는 존재의 목적이 있지 않을까요?

아득히 먼 처음을 생각하고, 까마득한 우주의 끝을 그려 봅니다. 우리가 얼마나 놀랍고 뛰어난 존재인지를 깨닫습니다. 우리는 존재하고 번영해 왔습니다. 인류라는 거대한 집단의 하나로서 기능해 왔습니다. 마침내 우리 인생의 궁극적 의미를 찾아내고 목적을 밝혀 낼 것입니다.

자녀 교육의 왕도王道

교육의 중요성은 아무리 강조해도 지나치지 않을 것입니다. 나라의 백년대계라는 것부터 맹모삼천孟母三遷에 이르기까지 교육이 국가적 과제요, 한 집안의 최우선 관심사라는 것을 표현하고 있습니다.

특히 우리나라는 지적知的 능력이 사회적 위치를 결정하는 봉건제 사회의 오랜 관행으로 인해 남다른 교육열을

장남과 차남의 초등생 시절
어느 냇가에서의 즐거운 한 때

갖고 있습니다. 그런 상황은 일제 강점기를 거치면서 교육이 유일한 성공 수단이라는 인식으로 굳어졌다고 하겠습니다.

공교육 예산을 뛰어넘는 규모로 사교육이 번창하고 거의 해마다 대학 입시제도가 바뀌는 것도 우리가 얼마나 교육을 중시하고 있는지 보여 주는 단적인 증거라고 할 수 있습니다.

그러나 우리나라 교육이 제대로 이루어지고 있는지에 대해서는 회의적인 시각이 대부분입니다. 과도한 주입식 교육, 눈치보기식 시험부터 노골적인 부정에 이르기까지 온통 문제점투성이라는 것입니다.

학생과 그 가족 그리고 국가가 필요로 하는 지식과 덕성을 갖추도록 제대로 기능하지 못 하는 교육! 그렇다고 시간을 멈추어 두고 모든 문제를 다 해결할 수도 없습니다. 또 아이들의 교육을 포기할 수도 없습니다. 어떻게 해야 하는 것일까요.

국가의 교육 정책 등을 모두의 욕구에 맞도록 만들 수는 없습니다. 따라서 각 개인이 할 수 있는 것은, 자기 가족을 중심으로 하여 인간이 갖춰야 할 가장 기본적인 덕목을 교육하는 것입니다.

우리가 교육을 통해 이루려는 것은 개인의 성장만이 아닙니다. 각자가 모여서 사회가 만들어졌기 때문에, 그 구성원의 하나로서 제 역할을 하는 것이 중요합니다. 뛰어난 능력을 가진 사람이 사회 전체에 해악害惡을 끼친 경우가 얼마나 많은지 잘 알고 있지 않은가요.

그렇습니다. 우리 아이 하나만 뛰어나게 하는 왕도王道는 없습니다. 아니 없어야 합니다. 모두 함께 어울려 존립하고 번영하는 세상에 기여하는 한 사람을 만드는 왕도가 있어야 합니다. 그것을 찾고 실천하는 데 뜻과 힘을 모아야 한다는 것입니다.

죽음의 의미

사람이라면 누구나 죽습니다. 아무리 학식이 높고, 많은 돈을 갖고, 높은 경지까지 몸과 마음을 수련해도, 죽음을 피할 수는 없는 것이지요. 빈부와 귀천 남녀노소를 가리지 않는 것이 죽음 아니던가요.

사람은 살아가는 것이 아니라, 죽어 가는 것이라고 이야기하기도 합니다. 잘 죽는 것이 잘 사는 것이라는 말도 있지요. 어떻거나 문 밖이 바로 저승이고, 우리의 삶은 죽음과 함께 이뤄지고 있는지도 모르겠습니다.

저는 죽음과 가까이 있었습니다. 의사로서, 바로 환자를 덮칠 것 같은 죽음의 그림자를 힘껏 뿌리쳐 보려고 했습니다. 두고두고 잊히지 않는 안타까운 죽음 앞에서 제 직업을 원망하기도 했습니다. 참으로 죽음을 극복하고 싶었습니다.

지금은 죽음과 함께 있습니다. 결정된 죽음을 어떻게 받아들여야 할 것인지를 생각합니다. 죽음이 누구도 어떤 수단으로도 피할 수 없는 삶의 한 부분이라면, 잘 죽기 위해 잘 사는 것이 중요할 테니까요. 우리가 살아가면서 예의를 갖추고 정성을 다하는 것처럼, 죽음을 대하는 태도도 똑같아야 한다고 보는 것입니다.

과학자들은 죽지 않는 방법을 찾아낼 수 있다며 연구를 계속하고 있습니다. 불치병에 걸린 인간을 냉동했다가 몇백 년 후 해동解凍한 뒤 미래의 최신 의술로 치료한다는 것이지요.

현대 과학으로도 인간이 죽지 않게 할 수 있다고 합니다. 다만, 비용이 너무 많이 들 뿐이라고 하더군요.

종교인들은 영생을 이룰 수 있다고 설교합니다. 인간은 없는 것을 생각해 낼 수 없으니, 영생이라는 개념이 있다는 것 자체가 그 가능성을 증명하는 것이라고도 합니다. 흡혈귀 전설이나 죽지 않는 신선 이야기처럼, 사라지지 않고 이 땅에 영원히 남아 있고 싶은 인간의 욕망이 반영된 결과라고 생각합니다.

지금 이 순간에도 누군가 이 세상을 떠나고 있습니다. 죽음은 언제나 어디에나 있는 것입니다. 한 사람의 삶도 제대로 다 알 수 없는 우리가, 죽음의 의미와 그 실체를 다 아는 것은 불가능하고 그럴 필요도 없겠지요. 다만 지극한 뜻과 마음으로 예의와 정성을 다하면, 우리의 삶이 그런 것처럼 죽음 또한 제대로 자리 잡을 수 있으리라 기대해 봅니다.

Ⅳ

단편소설

수호신

"따다다다다당, 따당!"

고요한 산골 마을에 갑작스런 총성이 울리고 그리곤 조용해졌다. 그리고 아무도 그날의 그 총성을 기억하거나 말하는 자는 없었다.

수 십 발의 총성일지라도 나하고 특별한 관계가 없는 것이면 그저 스쳐 지나는 것일 뿐 그 누구도 떠올리지 못하는 것이다.

그 사건이 일어난 것은 내가 태어나기 2년 전이었다.

그리고 내가 초등 5년이었을 때였다.

그러니까 그 형이 중1쯤 되었을 때일까?

이름은 '정기' 이고 성은 '이씨' , 그러니까 '이정기' !

내가 기억하는 바로는 그렇다.

장성군 북하면 하남실.

그 여름에 나는 그 형과 함께 수박을 한 구루마(리어카) 따서 백양사 입구 어느 상점에 배달하고 있었다. 엄청난 수익을 기대하면서.

낑낑대고 힘들어도 우리는 곧 돌아올 보상을 기대하고 이를 악물고 견디며 한여름 뙤약볕을 버텨 내고 있었다.

최소한 나는 그랬다.

드디어 우리는 어느 조그만 가게에 우리의 모든 것을 넘기고 있었다.

돌아올 보상! 나는 그것이 얼마일지 몰랐다. 아니 모르는 척했다.

왜?

배가 고파 오로지 생각나는 것은 밥. 그리고 먹을 것. 특히 생각나는 것은 그것, 자장면!

혹시라도 미리 이야기하면 그것이 달아날까 봐 얌전히 형의 처분을 기다려야 했다.

난 기다려야 했다. 아무리 배가 고파도.

드디어 정기 형이 가게 주인과 협상을 끝내고 자랑스럽게 아랫배를 내밀며 가게 문을 힘차게 열어 젖혔다. 나의 기대와 한 치의 어긋남이 없었다. 적어도 그때까지는.

드디어 나는 살게 되었다. 배고픔에서 해방될 것이므로.

그러나 어느 식당 또는 먹을 게 있는 가게로 갈 것이라는 나의 기대와는 사뭇 다르게 형은 백양사 이름도 모를 어느 선물 가게로 직행했다.

그리고 내뱉는 한 마디.

"야, 니 맘에 드는 선물 니 마음대로 골라 부러라!"

한껏 목청을 높이고 위세 좋게 말하는 것이었다.

'나는 지금 선물이 중요한 게 아니라, 성님! 민생고를 먼저 해결하는 것이 더욱 중요한 일이요' 라고 말하고 싶었지만 그마저도 목청 뒤로 사라지고 말았다.

행여 다음 먹을 것을 사 주지 않을까 봐서.

아, 우리 성님은 다음에는 정말 든든한 먹을 것을 사 주시겠지?

한껏 기대하며 선물 중에 제일 값나가겠다 싶은 목걸이를 집어 들었다.

내가 보아도 상당히 값나가는 것처럼 보였다.

가게 주인아저씨도 바람을 넣었다.

"야아! 초등학교에 다니는 모양인데 보는 눈이 보통이 아니네?"

그 바람에 고무되어서일까? 형은 바로 계산을 끝내고 가게 문을 나왔다.

나는 당연히 다음 코스는 식당 또는 먹을 것이 있는 가게일 것으로 믿어 의심치 않았다.

배고픈 밥통이여 조금만 참아라.

마침 포장마차 비슷한 가게에서 형은 붕어빵을 사 주었다. 혹시 다음 좋은 가게나 식당에 가서 먹을 것에 대비해 붕어빵은 하나만 먹고 물도 많이 먹지 않았다.

그러나 우리의 다음 행선지는 나의 예상과는 너무나도 다르게 바로 집이었다.

아, 큰일이네?

겨우 붕어빵 하나 먹고 또 3킬로미터를 다시 가야 하나?

그래 다시 왔다.

배고픈 나는 눈물에 눈물을 겨우 참고 이기며 돌아왔다.

돌아온 나를 숙모님은 죽은 자식 살아 돌아온 것만큼이나 반가워했다.

비록 나의 집이 아닌 작은댁이었지만, 나의 위상은 작은댁에서도 상당히 말발이 있었는데, 이유인즉슨 내 누나가 다섯이었다는 것, 마지막에 겨우 아들 하나 보았다는 것, 그래서 그 아들내미 하나 어떻게 하든 보존해야 한다는 것 등이었다. 그 외아들 하나가 다음에 제사는 지내야 했으므로.

어쨌든 그날의 행적은 더 이상 생각나지 않는다. 아마

피곤해서 너무나 피곤해서 밥을 먹었는지 안 먹었는지조차 기억이 없다.

곯아떨어졌다고나 할까? 그날 한 일은 초등생에게는 너무 무리였다. 6킬로미터 이상을 걷고 수박 구루마(리어카)를 끌었으며 백양사 관내의 그 무서운 사천왕상 앞을 지나 생각나지도 않은 넓은 경내를 돌아야 했으니까.

다음날, 우리는 다정하게 너무나 다정하게 친형제처럼 들판에 나섰다.

지천에 먹을 것이 차고 넘쳤다. 한여름이 갓 지난 들판에는 그야말로 먹을거리가 아주 풍부했다. 특히 작은아버지의 손이 잘 미치지 않는 후미진 그 곳에서는 양껏 배를 채울 수 있는 맛있는 먹을거리가 있었는데, 바로 포도였다.

당시 작은댁에서는 넓은 포도밭을 경작하고 계셨다.

마침 최고 품질의 포도가 주렁주렁 열린 채 한창 익어가고 있던 참이라 먹기에 아주 좋았다.

농지개혁을 하기 전까지만 해도 500여 마지기의 논밭과 약 50정보의 임야를 가지고 있었던 집이었으니 그렇게까지 배고픈 줄을 모르고 지냈을 텐데, 농지개혁을 하고

6.25 무렵 막 6개월을 지나는 형의 나이에 부모와 조부모를 인민군의 총칼 앞에 한날한시에 보냈다 한다.

빨간 머플러를 목에 걸었던 당시의 인민군들에게.

1950년 9월의 어느 날이라지 아마?

그래서 정기 형은 불행하게도 부모와 조무모의 제삿날이 같은 날이다.

하루 저녁에 4위의 제사를 한꺼번에 모시는 것이다.

이 같은 비극이 이 세상천지에 또 얼마나 될까?

돌이켜 보면 포도 한 알 먹기에도 가슴 아플진대 속없는 우리들은 시시덕거리며 포도로 양을 채우고 있었다.

깊은 산중의 잘 익은 포도 맛이라니!

포도는 유난히도 달았다. 특히 상품가치가 없는 포도가 더 달았다.

사실은 그러한 포도를 먹는 것은 전체 매출에 크게 영향을 주지 않았고, 어차피 못 팔거나 잘해야 포도주를 담그는 수준에 불과한 것들이었다.

그래서 그랬는지 또는 조카들이 먹는 것에 보기만 해도 배가 부르셨는지 작은어머니 작은아버지는 숨어서 따먹는 우리의 악행(?)에 크게 무게를 두지는 않으셨다.

그리고 저녁에는 돌고래를 잡았다.

어떻게? 횃불로.

돌고래를? 아니, 아니다. 돌고기다.

돌고기는 낮에는 피리처럼 냇물 속을 헤엄쳐 다녔다.

밤에는? 물고기도 밤에는 잠을 자야 한다. 휴식을 취하기 위해 돌 틈이나 수초 사이에 가만히 숨어 지냈다. 이 놈들을 나오게 하려면 밝은 횃불이 필요했다.

횃불을 만들어 냇가에 꽂아 두면 이상하게 물고기들이 꼬여든다. 불나방이 불을 보고 날아드는 것처럼 돌고기도 떼를 지어 불 옆으로 보여드는 것이다.

그냥 맨손으로 그 날랜 고기들을 다 잡을 수는 없으니 미리 피리통(민물고기 잡이용 통발)을 놓아두는 것이다. 인간은 꾀가 많아서 미리 피리통을 준비할 뿐만 아니라 그 통속에다가 냄새가 강한 된장까지 미끼로 발라 놓으면 속절없는 돌고기 떼쯤이야 엄청나게 많이 잡을 수 있다. 덤으로 가재까지 잡힌다.

그러나 인간은 지혜가 있나 보다. 둘째 사촌형이 말했다.

"조금씩만 잡아. 다 잡아 버리면 내년엔 고기가 없어!"

맞다, 씨는 남겨 두어야지!

먹든 안 먹든 무조건 많이 잡아서 즐거움을 가지려 했던 나의 생각을 어떻게 알았지? 나는 얼굴을 붉히며 그 자리를 떴는데 다행히 밤중이라 얼굴색이 안 보였고, 더 다행인 것은 횃불을 밝혀 놓아서 사방이 붉은색이었기 때문이었다.

겨울에도 우리는 참 재미있었다.

우선 그 하남실이라는 동네에 들어가기가 엄청 어려웠는데, 지금부터 50년도 더 전의 교통이란 게 하루에 겨우 버스 두 편이, 그것도 그 하남실에서 2킬로미터 이상 떨어진 신작로에 내려주면, 거기에서부터 걸어서 또 들어가야 겨우 도착하는 곳이었고, 버스에 문제가 생기는 등 운이 나쁘면 담양에서부터 걸어가야 했다. 약수리라고 하는 곳까지가 12킬로미터, 거기서부터 다시 2킬로미터. 재미(?)라고 하기에는 다소 무리한 거리였다.

하지만 우리는 희망이 있었다. 그래서인지 눈 오는 그 길을 모두 걸어갔지만 어느 누구도 불평하지 않았다.

그 곳에 도착하기만 하면 먹을 것이 참으로 많았기에.

겨울 시골집에 무슨 먹을 게 있냐고?

김장김치 동치미는 기본이고 땅콩이며 구운 고구마 등

은 부차적으로 따라 왔으며 간식거리로 곶감, 얼린 홍시, 감말랭이뿐 아니라 무엇보다도 기대되는 것은 토끼고기와 꿩고기였다.

물론 이 토끼와 꿩은 고기 맛도 좋았으나 사실인즉슨 그것 잡는다고 눈 덮인 온 산야를 갈고 쓸고 다니는 맛이 더 좋아서였다.

여기서 우리라 함은 비슷한 또래의 4촌 6촌 합쳐서 5형제를 말한다.

그리고 그들은 모두 나에게는 형이었다.

무슨 일이든 항상 좋기만 하랴?

눈 덮인 논밭을 뛰어다니다가 똥을 밟기도 하고 그래서 꽁꽁 언 냇가의 얼음을 깨고 냄새나는 발을 씻기도 했다. 셋째형은 미끄러져 넘어지면서 머리를 찢겼지만 된장만 바르면 되고, 눈싸움을 하다가 눈탱이가 밤탱이가 되도록 다치기도 했다.

전기가 귀한 시골에서 전기료도 아낄 겸 우리는 일찌감치 곯아떨어지기가 일쑤였다.

아침이 되면 언제 일어났는지 정기 형은 토끼를 잡아 왔는데 그 비결은 가르쳐 주지 않았다.

나중에 안 사실이지만 미리 토끼가 잘 다니는 길목에 철사 줄로 올가미를 만들어 놓고 그 끝을 나뭇가지에 묶어 고정해 놓으면 한 번 걸린 토끼는 거의 빠져 나가지 못했다. 그렇게 토끼를 잡았다고 한다.

하여튼 토끼나 꿩 등을 한두 마리 잡아 오면 열 명이나 되는 온 식구가 포식을 할 수 있었다.

언젠가 밤이었다.

한 이불 속에 발을 넣고 시시덕거리고 있었는데, 그 중 작은형이 "야, 니들 땅콩 먹을래?" 하고 제일 맘에 드는 제안을 했다.

어느 누구도 반대하는 사람은 없었다. 한참 뒤에 막 볶은 땅콩을 한 사발 가득 담아 가지고 들어왔다.

"에게?"

덩치가 제일 큰 셋째형은 한입거리도 안 된다는 양 입을 삐죽거리며 마치 다른 사람들은 먹지 말라는 투로 말했다.

"먹어 보고 얘기해. 부족하면 얼마든지 또 볶아 줄 터이니!"

볶은 땅콩 한 그릇은 사실 적은 양이었다. 하지만 그렇게 먹성 좋던 시절의 우리들도 그 한 사발을 다 처리하지 못했다. 기실은 양이 문제가 아니라 느끼한 맛에 질려서 더 이상은 넘기지 못했을 것이었다.

사람들은 가끔 해 보지도 않고 허황된 욕심을 많이 부린다. 곧 할 것 같고 될 것 같지만 안 되는 경우가 다반사이다.

이렇게 나의 철없던 그래서 걱정도 없던 어린 시절은 흘러가고 있었다.

모든 것이 그렇게 정지되어 있을 줄 알았고, 노인은 노인의 씨가 있는 줄 알았으며, 나는 어른이 되고 결혼을 할 것이라는 생각은 꿈에도 상상하지 못했다. 더군다나 나의 사랑하는 배우자와 자식들뿐 아니라 가족처럼 믿고 맡길 수 있는 사람들이 나의 주위에 선물처럼 떠억 하고 나타날 줄은 그땐 정말 몰랐다.

TV를 보고 있던 어느 날, 그날도 뉴스라고는 온통 탄핵 정국의 소용돌이만을 이야기하고 있었다.

그리고 한편에는 모르쇠로 일관하는 K실장을 클로즈업했다.

모르쇠(?)!

그리고 나도 몰랐었는데(?), 둘 다 똑같네?

몰랐다고만 하면 죄가 되지 않는 것일까?

어찌나 얄미운지 군밤이라도 콱 쥐어박았으면 속이라도 후련할까 싶었다.

옆에 있으면 정말 한 대 쥐어박았을지도 모르겠다.

과거의 잘못을 몰랐다고 변명하는 것은 분명한 죄이고, 미래의 예측을 몰랐다고 하는 것은 죄가 안 되는 것이겠지? 인간은 어차피 5분 앞의 일도 알 수 없는 것일 테니까?

2016년 겨울 어느 날의 촛불집회

그때가 좋았어! 철도 없고 속도 없고 그래서 걱정도 없는 그 어린 시절!

그때 그 시절로 다시 되돌아갈 수는 없는 것일까?

이런저런 상념에 젖어 있던 바로 그때!

TV 화면에 북한이 무슨 핵탄두 장착이 가능한 장거리 탄도 미사일 발사 실험에 성공했대나 어쨌대나 하면서 탄도 미사일이 날아가는 장면이 보였다.

나에게는 트라우마 아닌 트라우마가 있었나 보다.

그 탄도 미사일 발사 실험을 보며 어렸을 적, 그러니까 55년 전의 끔찍한 기억들이 다시금 떠올랐다.

우리 독수리(?) 오형제는 작은댁의 일손을 돕는다는 것을 핑계로 여름방학이 되면 그 북하면 약수리 하남실로 모여들었다. 물론 작은댁의 큰아들과 작은아들은 당연히 그 자리에 있어야 했고, 정기 형도 있었으며, 광주에서 6촌 형과 내가 추가되기만 하면 우리는 합체가 되었다. 합체된 우리는 진짜 독수리 오형제보다 더 지구를 지키는 듯했다. 온 마을을 들쑤시고 다녔으며, 그 넓은 골이 온통 앞마당처럼 일통만을 벌이고 다녔으니 오죽했겠나?

한 번은 밭길을 지나는데 땅벌의 공격을 받고 작은형이

한 방 쏘였다.

우리 형제들은 난리가 났다. 이런 벌집은 그냥 두어서는 안 된다, 혹여 다음 지나가는 사람에게 해를 끼치네 마네, 벌집을 꺼내 꿀을 따 먹자는 둥 그리고 벌집은 술 담가 놓으면 좋다는 둥 해서 즉석에서 세부 섬멸 계획을 짰다.

적을 알고 나를 알면 백전불패라고 했던가? 우선 벌집의 위치부터 파악하고 나서 – 그 벌들은 계단식 밭의 축대 돌 틈 안쪽에 집을 지어 놓고 있었다 – 집에서 괭이와 삽 등을 가져 오고 꿀을 받을 큰 그릇을 준비했으며, 옷가지 등으로 얼굴을 가리고 긴소매 옷으로 완벽한 방어 준비를 갖추었다.

이제 꺼내기만 하면 되었다.

그런데 어떻게?

약 2미터 정도 높이의 그 축대. 그리고 그 벌집은 아래쪽 밭으로부터 약 70센티미터 높이에 있었다.

그야말로 난감하였다. 그러나 우리 형제들은 포기하지 않았다.

우선 벌집이 있는 곳 상단부에서부터 파 내려가기 시작하였다. 흙을 파내고 자갈을 들어내고 나서야 겨우 축대로 사용한 바위 같은 큰 돌에 도달하였다.

그런데 이 바위 같은 큰 돌을 파 옮길 수가 없었다. 궁리 끝에 우리는 이 원추형의 큰 돌을 위에서 굴려 아래 밭으로 떨어지게 하자는 데 모두가 동의하였다. 그리고 이 바위 같은 큰 돌을 굴려 내리려면 우선 우리 발과 엉덩이가 들어갈 공간을 만들어야 했다. 돌 하나 뽑아내는 데도 상당한 공사가 필요했다. 겨우 몇 개의 돌을 뽑아냈는데 날이 저물어 버렸다. 할 수 없이 우리의 공사는 다음날로 순연되었다.

그날 밤은 엄청 짧았다.

허기져서 모두가 허겁지겁 저녁을 먹고서는 제대로 씻었는지 어쨌는지 곯아떨어졌고, 짧은 여름밤과 겹쳐 눈 뜨자 벌써 다음날 아침이었다.

우리에게는 해야 할 공사가 숙제처럼 있었기에 아침을 해결하자마자 어제의 그 공사판(?)으로 달려갔다. 누가 가자고 제안한 것도 아니었지만.

시간이 지날수록 공사판은 점점 더 커지고 있었다.

처음 축대의 돌 몇 개는 그런 대로 들어내서 굴릴 수 있었지만, 조금 깊게 파 들어가니 우리 몸이 들어갈 수 있도록 넓어져야 했고, I자형이나 V자 형태로는 위험하기도 해서 공사를 진척시키기 어려웠다.

그러다 보니 자연 U자 형태의 축대 제거 작업이 진행되었는데, 파내는 구덩이가 깊어질수록 길이와 폭이 점차 넓어졌다.

심상치 않은 일이었다.

복수하겠다고 나선 벌집 제거 작업이 동네사업만큼이나 판이 커져 버렸는데, 우리는 그때까지도 닥쳐 올 후폭풍을 전혀 예상치 못하고 있었다.

오로지 벌집을 제거해야 한다는 일념 하나로, 그리고 덤으로 꿀을 채취할 수 있다는 기대감으로 파고 또 파고 큰 돌은 굴리고 작은 돌은 들어내 가면서 우리의 작업은 끝이 없었다.

점심을 먹고서도 우리의 작업은 계속되고 있었다.

이제 조금만 더 파 들어가면 그 놈의 벌집이 나올 것이었는데, 그만 사방이 어두워져 버렸다. 이상하게도 사방이 빨리 어두워졌다.

그리고는 맞바람이 불었다. 비가 올 조짐이 분명했다. 뒤이어 후두두두두둑 빗방울이 얼굴을 때리기 시작하자 우리는 공사고 도구고 다 팽개치고 부지런히 뛰어 집으로 돌아왔다.

그때까지만 해도 작은어머니와 작은아버지는 우리가 무슨 공사판을 벌이는지 모르셨다. 그저 평상시처럼 산야를 돌아다니며 놀거나 칡을 캐거나 도라지 뿌리라도 캐는 정도로만 알고 계셨던 것 같다.

그 다음이 어떻게 될 것인지는 우리도 까마득히 몰랐다.

그저 날이 새면 빨리 가서 그 놈의 벌집 그리고 꿀!

우리 오형제의 머릿속에는 오로지 그 생각밖에 없었다.

헌데 밤새 비가 내리고 그 다음날도 장대비는 그칠 줄을 몰랐다.

우리는 안절부절 뭐 마려운 강아지마냥 낑낑댔다. 틀림없이 무슨 사단이 날 것만 같은데?

막연한 불안감은 비단 나만의 생각은 아니었다. 모두의 생각에도 이상한 그 불안감은 팽배해 있었다.

꼬박 36시간 동안 장대 같은 비가 내리더니 다행히 그 다음다음날 새벽에 멎었다. 우리는 질퍽거리는 동네 골목길을 지나 밤사이 엄청 불어난 냇가를 건너서 한참을 걸어 그 현장에 도착했다.

맙.소.사!

그야말로 맙소사였다!

축대가 온통 무너져 버린 것이다. 무너져 버린 것도 무너진 것인데 우리가 파 놓은 축대가 물길이 되어 버린 것이다. 그리곤 그 물길을 따라 무슨 폭포수 같은 황톳물이 하염없이 흘러내리고 있었다.

아래 밭은 이미 흘러내린 돌덩이 흙더미 물 등으로 말미암아 황폐해져 밭의 형태조차 찾아보기 힘들 정도였다.

아, 이젠 어떡하지?

당시 중학생 네 명에 초등생 한 명의 힘으로는 도저히 어떻게 해 볼 엄두조차 낼 수 없었다. 그냥 입만 딱 벌리고 서로를 바라보며 하염없이 서 있었을 뿐.

무시무시한 자연의 힘 앞에서는 어찌 할 생각조차도 찾아내지 못했다.

그 밭주인이 관심이 있어서 그랬을까?

우리의 일거수일투족을 낱낱이 보고 있었던 밭주인은 무슨 고해성사하듯 작은아버지께 일러 바쳤으며, 그 증거로 어디서 찾았는지 삽과 괭이를 들이밀었다.

"당신네 아들들이 축대를 손대지만 않았어도 그렇게 방천나지는 안 했을 것이요. 일 년 농사 다 망치고, 또 내년에는 어쩔 것이며, 축대는 또 어쩐다요?"

하여튼 그날의 기억도 평생 나의 뇌리에서 지워지지 않는 생생한 필름으로 남았다. 하지만 그 기억들은 점점 더 즐거운 기억, 돌릴수록 가벼워지는 추억으로 넘어가고 있다. 필름이 점점 닳아져서 그럴까?

어찌 됐건 무너진 V자형의 그 축대는 생각만 해도 무섭고 아찔했다.

어찌 보면 날카롭고 아주 큰 송곳니 같기도 하고 하마 입 같기도 한 그 축대는 그 뒤 복구하는 데만 2년이 넘게 걸렸다고 한다.

그 즈음이었을 것이다.

그 형과 나는 우연히 둘이서만 들길을 걷고 있었다.

무엇 때문인지는 잘 기억나지 않지만 하여튼 우리는 노래를 부르기도 하고 뛰뛰기도 하고 돌팔매질을 하면서, 이제 막 벼가 그 색깔을 연두에서 진초록으로 바뀌어 갈 즈음의 들길을 지나고 있었다.

그리고 산기슭에 닿아 조금 쉬어 가기로 하고 언덕에 앉아 있었는데, 마침 약 1미터보다는 조금 더 길어 보이는 막대기가 눈에 띄었다.

당시 초등 5학년의 눈에는 아주 훌륭한 무기가 될 법하였다.

"야, 이것 좋은데? 이것만 있으면 세상에 무서울 게 없겠어."

하면서 칼싸움 흉내를 내 보였다. 그리고 마치 정말 칼싸움을 하는 양 형에게 장난질을 걸었다. 헌데 느닷없이 형의 얼굴 표정이 일그러졌다.

그리고는 아주 험상궂은 얼굴이 되더니 입가에는 이상야릇한 미소를 지었다.

등골이 오싹해지게 하는 미소.

갑자기 변한 형의 모습에 나는 어리둥절했지만 움직일 수조차 없었다.

"정말 나를 이길 수 있겠냐?"

"이것도 이길 수 있을까?" 하며 바짓가랑이를 조금 올려 보여 주는데 대검의 칼끝이었다. 그것도 양쪽에.

'흐악, 카 칼이닷! 진짜 칼이닷!!!'

나는 기겁을 했다. 웃자고 한 일에 죽기로 정색을 하니 그것도 무서웠지만, 그 표정과 대검의 살의가 어우러져 도저히 감당이 안 되었다.

곧 무슨 일을 일으킬 것만 같았다. 도망을 가야 한다고 생각은 했지만 몸이 움직이질 않았다. 아니, 못 했다. 어떻게 집에 왔는지 생각조차 나질 않는다.

그날 이후 나는 작은댁에 갈 엄두를 내지 못 했다. 아니, 않았다.

그렇지! 그때 나보다 두 살 많은 정기 형이 있었는데?

지금은 어떻게 살고 있을까?

날아오르는 탄도 미사일의 뾰족함이…… 맞아! 그때 보여 준 대검 끝의 날카로움과 겹쳐 보였다. 우리는 아직도 해결 못 한 동족상잔의 비극을 안고 있다.

그때 정기 형은 분명 나에게 참 잘 대해 주었었는데? 아, 나뿐만이 아니고 동네 사람들에게도 참 잘했는데? 쌀도 죄다 퍼주어 버리고, 옷이며 신발이며 자기보다 조금만 없어 보이면 있는 대로 닥치는 대로 다 주어 버렸다.

어리고 작았지만 동네에서 어렵고 힘든 일은 도맡아 하다시피 했다.

그런데 왜? 그 무시무시한 흉기를 지니고 다녔을까?

혹시 6.25 때 한날한시 한꺼번에 잃어버린 부모님과 조부모님처럼 자기도 어느 순간에 세상을 떠나 버릴 수 있다는 조바심 때문은 아니었을까?

고모와 고숙의 손에 키워지면서 자기는 남이라고 생각했을까?

오히려 우대를 했음에도 정작 본인은 역차별을 생각했을까?

부모 없는 아이라고 보는 동네의 따가운 시선을 견뎌내지 못한 것일까?

북한의 장거리 탄도 미사일 발사 실험을 보며 55년 전의
끔찍한 기억들이 다시금 떠올랐다.

무시하는 사람들로부터 벗어나는 방법이라고 선택한 것은 아닐까?

아무도 자기를 지켜 주지 않는 상황에서 현실적으로 가장 빠르게 자기를 지켜 주는 것은 오직 그 흉기? 본인은 그것을 자기를 지켜 주는 수호신이라 생각한 것일까?

맞아! 나 같은 겁쟁이에게는 보여 주는 것만으로도 충분한 효과를 거둘 수 있고, 무엇보다도 가지고 다니는 것 자체만으로도 자기 자신이 의지할 수 있는 든든함이 있었을 테니까.

여리디 여린 인간의 속성상 자신감이 없으면 다른 사물이나 또는 나보다 더 능력 있는 사람 또는 그 무엇에 기대려고 하는, 의지하려 하는 그 무엇이 있나 보다.

무엇인가 부족한데 그 부족분을 메우려면 남에겐 없는 것을 찾게 된다.

남은 할 수 없는 것을 찾게 된다.

설사 그것이 만용이라 할지라도.

설혹 그것이 비난의 대상이 된다 할지라도.

생각이 여기까지 미치자 갑자기 잊고 있었던 정기 형의 안부가 궁금해졌다.

간간히 바람이 전하는 말을 듣기는 했으나 나도 먹고 살기 바빠 그때 그 시절, 철없고 속없고 걱정도 없는, 그래서 모든 것이 아름다운 추억으로만 남아 있는 그때의 인연을 그저 귓전으로 흘려들었다.

•

그 후 형은 성격이 점점 양극화되어 갔다. 자기에게 잘 대해 주고 또 자기를 인정해 주는 사람에게는 그야말로 간이며 쓸개를 다 빼줄 정도로 잘 처신했지만, 자기에게 불만이 있거나 대항하는 사람에게는 인정사정없이 무자비한 폭력으로 대했다.

고교 1학년 시절, 한 번은 등굣길에 운동화 끈이 풀어져 땅바닥에 질질 끌렸다.(학교 이름은 밝히지 않겠음)

"어? 끈이 풀렸네? 매야지!" 하고 둘째형(오형제 중 둘째)이 지적하자, "으응. 조금 있으면 매 줄 후배가 올 거야!" 하고서는 그냥 걸어갔다. 한참 후 알지도 못하는 같은 학교 학생에게 다짜고짜 "야, 너! 이 풀어진 끈 매!" 하고 풀어진 운동화를 신은 채로 들이밀었다.

어느 누가 그 운동화 끈을 매어 주고 있겠는가?

인상을 쓰며 찝찝해 하는 학생에게 "왜? 기분 나빠? 꼬나보기는 뭘 꼬나봐?" 하고는 무지무지한 폭력을 행사했다.

덩치는 작았지만 기운은 엄청 셌다. 보통 사람은 쌀 한 가마니를 지게에 질 정도였는데, 정기 형은 두 가마니를 지고 달리기를 할 지경이었다.

하여튼 학교에서는 난리가 났고, 그 뒷수습은 당연히 고모, 즉 나의 작은어머니 몫이었다.

힘은 셌고 다혈질에 흉기까지 소유한 그에게 그 누가 가까이하겠으며 가까이한다고 한들 올바른 충고나 쓴소리를 할 수나 있었겠는가?

그는 점점 더 외톨이가 되어 갔다.

그리고 기행은 계속해서 이어졌다. 어느 추운 겨울에 그는 맨발로 집에 왔다. 모두가 의아해하며 그의 입만 바라보았다. 하지만 형의 입은 열리지 않았다. 나중에야 안 사실이지만, 그는 추운 겨울에 신을 신고 있지 않은 거지를 본 모양이었다. 그러자 그는 자기가 가지고 있는 돈뿐만 아니라 자기가 신고 있는 신까지 모두 다 거지에게 주어 버리고 얼어 버린 길을 걸어서 집에까지 온 것이었다.

가지고 있는 돈이나 입고 있는 옷을 벗어 주는 일은 다반사였다.

다른 사람이 볼 때는 도저히 이해할 수 없는 행동들은 이후에도 계속해서 이어졌다. 그럴수록 고모나 고숙의 고민은 깊어만 갔다.

어느 식당, 지금 기억으로는 왕자관으로 기억된다. 충장로 1가 입구 어디쯤.

학생 때의 중국집이란 꿈에 그리던 곳이다. 어쩌다가 그 곳에 함께 자리하게 되었다. 모두들 입맛을 다시며 저마다의 식욕을 채우기 위해서 주문을 하고 있었다. 그래봐야 자장면이나 우동, 볶음밥 대충 이 근방에서 정리가 되고, 어쩌다가 곱빼기라도 주문이 나오면 모두가 인상을 쓰던지 아니면 나도 '곱빼기' 라고 해서 상쇄를 하던지 얼추 그렇게 해서 넘어갔다.

그날은 운수가 매우 좋은 날이었나 보다.

마침 둘째형이 형 친구들과 떠억 하고 나타난 것이다

인심(?) 좋은 한 선배 형님과 함께. 그 형은 6.25 때 남하한 한 어른의 큰아들이었다. 그러니까 이북이 고향이었는데, 돈은 엄청 모으셨으나 얼마나 고생을 하셨던지 자식들에게만큼은 이 고생시키지 않겠다시며 '공부도 하지 마라, 진학도 하지 마라, 인생을 놀면서 즐겁게만 살아라,

고교 시절의 운수 좋은 어느 날 중국집에서 우리는 걸신들린 양 주문하고 먹어댔다.

내가 너희들 평생 쓸 돈은 모두 모아 두었다' 할 정도의 아버지를 둔 형이었다.

그 형을 보면 왠지 기분이 좋았고, 한편으론 매우 부럽기까지 했다.

"오늘 먹은 것은 모두 내가 낼 터이니 너희는 마음대로 먹어라."

아닌 게 아니라 기대했었던 것 이상으로 우리는 큰 복을 만난 것이었다.

그때부터 우리는 걸신들린 양 주문하고 먹어대기 시작

했다. 자장면 뭐. 우동 뭐. 볶음밥 뭐. 짬뽕 뭐. 덤으로 나오는 군만두 뭐.

그러나 대개는 한계가 있었다. 원 플러스 원이면 한계였고, 최고 잘해야 원 플러스 곱빼기 하면 거의 끝이었다.

그러나 정기 형은 달랐다. 처음부터 먹는 속도가 달랐다. 허리띠를 푸는 폼부터가 달랐다. 우동을 주문했는데 세 그릇(3인분)째가 되니 돈을 내겠다는 그 인상 좋은 형의 표정이 점차 굳어지더니, 다섯 그릇을 먹자 마침내 추가로 돈을 더 가져와야겠다며 집으로 갔고, 그 뒤로도 형은 우동을 1인분 그리고 만두를 2인분 더 추가해서 먹었다.

도대체 그 많은 양의 음식이 어디로 들어갔을까?

도저히 이해할 수도 알 수도 없는 노릇이었다.

거의 빙의 수준이었다.

우리는 가끔 '엄두가 나지 않는다' 라는 말을 사용한다.

무슨 일을 하려는데 예측 불허의 사단이 벌어졌을 때, 또는 인간의 능력으로 도저히 해낼 수 없는 일에 봉착했을 때, '엄두가 나지 않는다' 라고 하는데 먹는 것을 보고 엄두가 나지 않는다고 생각한 것은 그때가 처음이며 다음에도 없었다. 도저히 더 해볼 엄두가 나지 않았다.

정기 형은 그만큼 나에게는 불가사의한 존재였고, 어딘가 시한폭탄을 늘 곁에 두고 같이 사는 느낌을 받았다.

좋으면서도 어딘지 허술했고 항상 2퍼센트가 부족하다랄까? 하여튼 묘한 분위기의 형이었다.

그 일로 말미암아 위로 아래로 서로 밥 사는 일은 없어졌다.

이때부터 우리는 모든 게 더치페이였다. 사실은 편한 점도 있었다.

내 것이 있으면 먹고, 없으면 안 먹고, 없을 때에도 먹고 싶으면 빌려서 먹었다. 그래서 돈을 빌리거나 꾸거나 할 수 있는 그때가 참으로 좋았었나 보다. 모두가 어른이 된 뒤에는 빌리거나 꾸거나 하는 일이 자연스럽게 없어져 버렸으니까. 왜 그렇게 되는지는 나도 잘 모르겠다.

사춘기 학생 때는 확실하게 구분된 내 것이라는 게 없어서일까?

아니면 부모에게 이야기하면 모든 것이 해결된다고 생각해서일까?

부모? 그래 맞다! 우리에게는 모두 부모가 있었다. 아니, 살아 계셨다.

하지만 정기 형은 부모님이 안 계셨고, 조부모님마저도 부모님과 함께 한날한시에 잃었던 것이다.

우리는 말로 표현은 다 못 하지만 항상 의지하여 믿는 구석이 있었지만, 형은 그 일을 해 줄 부모님이 안 계셨다. 믿는 구석이 없었던 것이다.

항상 벼랑 끝에 선 느낌이고 배수의 진을 친 심정이었을 것이다.

이 넓은 세상에 자기를 지켜 줄 그 무엇이 없다는 것!

자기 혼자서 모든 일을 해결해야 한다는 것. 무척이나 외로울 것이다.

인간은 기아에 허덕이거나 위기의식을 느끼면 식탐을 하게 된다.

다음을 위해서 저장을 해야 하고 현실에서 벗어나기 위해서이거나 스트레스 해소를 위해서 먹는다. 그것도 많이 먹는다.

혹시 정기 형이 그렇지는 않았을까?

나의 존재감을 나타내기 위해서 먹거나 선척적으로 대식가의 기질을 타고난 사람도 있을 것이다.

그 형은 늘 무언가에 쫓기듯 생활했고, 그래서 조급했다. 끈질기게 한 가지 일에 집중하지 못했다. 자연 공부와

는 멀어졌다

고모와 고숙은 운동을 권했다. 기계체조를 했다. 힘은 쎄고 날렵함까지 더해지자 학생 세계에서는 그 형을 넘볼 자가 없게 되었다

시골에서 한 달 치 양식을 가져오면 10일이면 동나기 일쑤였고, 나머지 날들은 주위에서 어찌어찌 해결하게 되었으니, 그렇지 않아도 가까이하기 힘들었던 그인데 특히 10일이 지나면 더욱 그를 멀리했다.

하여튼 고3이 되었을 때 하루는 길을 걷다가 우연히 후배 학생 하나가 동네 주먹 여럿에게 집단 폭행당하는 것을 목격하게 되었다.

인정 많고 의협심이 강했던 정기 형은 그냥 지나쳐 버렸으면 별 큰일도 아닐 것을 그만 키우고 말았다. 평소에 지니고 다니던 흉기를 사용해 버린 것이다.

"물렀거라! 수호신 나가신다!" 하고 그는 폭행 현장에 뛰어들었다.

수호신? 무엇이 수호신이지? 모든 학생들 간에 학생들의 주먹 보스가 수호신인지 혹은 스스로 모든 학생들의 수호신으로 착각했던 걸까?

내가 의지하는 그 무엇이 수호신인지는 모르겠으나 그는 무작정 수호신을 외치고서는 그 싸움판에 끼어들었다. 그리고 혼자서 칼춤을 춘 것이다.

콩만 한, 그것도 단 한 녀석이 끼어들었는데 동네 주먹의 체면이 있지 모두가 한 걸음도 물러서지 않았다. 하지만 그는 체력적으로 단련되어 있었거니와 무엇보다도 무시무시한 흉기를 지니고 있었고, 그보다 더한 것은 내 할 일은 끝까지 내가 한다는 의협심에 불타 있었다.

믿기지 않겠지만 그와 부딪치는 주먹들은 추풍낙엽처럼 모두가 쓰러져 나갈 뿐이었다.

그 누가 평소에 흉기를 가졌으리라고 상상이나 했었겠는가?

그리고 혼자서 동네 주먹들을 아주 무지막지하게 밀어붙여 버렸다.

그 뒤의 일은 굉장히 큰 언론의 한 페이지를 장식할 뿐이었다. 엄청 크게 뉴스화된 형사 사건이 된 것이다. 수사당국에서는 흉기를 든 집단 패싸움으로 치부했다. 그것도 학생과 동네 주먹 간에 집단으로 폭행을 했다는 것은 간과해서 넘어갈 일이 아니었다.

작은댁과 학교 당국에서는 당연히 난리가 났고, 결국

정기 형은 퇴학 처분을 당하게 되었지만, 그 외 관련자들의 그 뒤 결과는 내 기억에 없다.

그는 한동안 잠잠했다.

퇴학을 당한 그는 할 일이 없었다. 보통 사람 같으면 군에서라도 입대를 강요할 터인데, 그는 조실부모한 독자였다. 입대할 조건조차 못 되었다.

시골 마을 하남실에서 농사를 지으며 어쩌면 생의 가장 큰 의미 있는 삶을 살았을지도 모른다. 남는 기운은 모두 농사를 지으며 그는 가장 평온한 그만의 삶을 꾸려 갔을지도 모르겠다.

하지만 결혼!

누구나 평범하게 부딪치는 결혼도 그에게는 매우 부담스러운 일이었다.

부모가 없다는 것 자체가 그랬다. 어느 신부도 감히 그러한 조건의 남자에게 시집오겠다는 사람이 있었겠는가? 내가 선택할 수 있는 사항도 아니지마는 나에게 멍에 지워지는 것 또한 너무나 억울한 일이다. 하지만 어쩔 수 없는 숙명이었다.

다행히 그는 아리따운 신부를 얻었다. 그의 생애에 그

야말로 제일 큰 행운과 행복을 얻은 것이다.

그는 최선을 다해 일했다. 신부를 위하여, 태어날 미래의 가족을 위하여, 시골에서 할 일이 무엇 있겠는가?

그저 힘을 꽁꽁 써 가며 하루하루를 생각 없이 보내는 일이었다. 시간이 흐르자 그는 어느새 1남 2녀의 아빠가 되었고, 다섯 식구의 가장이 되어 있었다.

그러나 이 사회는 그를 가만히 놔두지 않았다.

그는 전과자였다. 관내에서 무슨 사건만 있으면 호출이었다.

툭하면 불러 제꼈다. 관련 없는 사항도 그는 불려 가서 설명을 해야만 했다. 그럴수록 그는 모두에게 불평이 커져 갔다. 한 번 불려 갈 때마다 그의 알코올 양은 늘어만 갔다. 그렇지 않아도 술 먹을 핑계거리를 찾는 그에게 관내 출두 요구서는 정말 좋은 핑계거리가 되었다.

술을 먹는 양과 횟수는 점점 더 늘어 갔다.

가슴이 아리다. 나는 그의 술 먹는 양을 한 번 본 적이 있다. 처음에는 사람이 술을 먹는다. 그리고는 술이 술을 먹는다. 마침내는 술이 사람을 먹는다. 전형적인 알코올 중독자의 패턴이다. 어느 순간부턴가 그는 다른 사람의 말을 들으려고 하지 않았고, 이해하지도 못하는 인사불성의 상태가 되어 버린다.

참으로 슬픈 일이다. 나는 그것조차도 6.25라는 동족상잔이 빚은 비극이라고 본다.

그는 의협심이 강하고 인정 많은 후덕한 인성을 가진 사람으로 태어났다. 주위의 여건이 원하지 않은 슬픈 회오리 속으로 빠뜨려 버린 것이다.

그는 500마지기 지주의 대를 이을 손으로 태어났지만, 한순간의 사단이 그의 운명을 180도 바꾸어 버렸다.

6.25 사변! 동족상잔의 비극! 크고 굵은 비극이야 어쩔 수 없다손 쳐도 눈에 보이지도 않은 이 작은 비극은 또 어쩔 것인가?

생각이 여기까지 미치자 그의 다음 생활이 어떻게 되었을까 더욱 궁금해졌다. 그리고 주위를 탐문해 그 형의 다음 소식을 기다렸다. 당시의 나 또한 나에게 주어진 삶을 살기에도 바빠 주위의 어떤 정황을 살펴볼 여력이나 관심조차 없었다. 설혹 작은 새가 전하는 말이 있었다손 쳐도 나의 기억 속에 저장되지는 않았을 것이다.

이제 추억을 먹고 사는 나이가 되어서야 비로소 그를 찾았다. 기대와는 달리 그는 39세의 젊은 나이로 짧은 생

6.25의 상흔을 간직한 채 39세의 나이로 생을 마감한 정기 형의 생애가
녹슨 철마 사진 속에서 오버랩된다.

을 마감했다고 한다.

꽃을 피워 보지 못하고 한 많은 그의 생은 문을 닫았다. 예상 밖의 장소. 고향이 아닌 타향 부산에서. 부산? 어떻게 그는 또 부산까지 갔을까?

TV에서는 오늘도 대동소이한 뉴스와 시사를 전하고 있었다.

30억짜리 블라디미르 말을 어쩌고저쩌고 몇 백억이 왔

다 갔다 하고 관련자의 뇌물공여죄가 성립이 되고 안 되고 등등을 논하고 있었다.

과연 그들이 돈 몇 푼이 없고 먹을 게 없어서 고향을 등지고 떠나는 사람들의 심정을 알 수 있을까? 차디찬 타향에서 서러운 눈물 밥을 먹으며 허드렛일을 하는 심정을 알기나 할까? 그나마 허드렛일조차도 못하고 밀린 월세에 쫓기는 어느 모녀의 가슴 아픈 사연은 또 오죽한가?

정기 형의 소식과 겹치면서 한참 동안 가슴이 먹먹했다.

그는 시골에서 25세에 결혼을 했는데, 결혼을 전후해서는 정말 성실하게 살았다 한다. 그러나 농사를 짓는 것도 요령이 있어야 하고 기술과 노하우가 필요하다. 힘만 가지고서는 이익을 챙기기가 점차 힘들어지는 농사일과 남 돕기 좋아하는 그의 성격으로 말미암아 그의 살림살이는 해가 갈수록 줄어들었다고 한다. 특히나 어린 아들딸들이 커 가고 학교에 갈 나이가 되면서는 마냥 시골에서 땅만 바라보고 있을 수가 없어서 도시에 나가 돈을 벌기로 작정을 하고 우선 그 혼자만이라도 거주지를 어찌어찌 부산으로 옮겼다고 한다.

그러나 도시에 간다고 그냥 누가 대접해 주고 돈 벌게

해 주겠는가?

시골에서도 좋아하는 술을 도시에서라고 안 먹고 끊겠는가?

학력도 시원치 않고 더구나 전과 기록까지 있는 그를 환대해 주는 곳은 어디에도 없었다. 참으로 난감할 일이며 겨우 하는 일이라곤 공사판을 전전하는 일이었다. 기운 쓰는 것만큼은 어느 누구에게도 뒤지지 않았으니까!

처음 1, 2년은 돈을 제법 모아 고향에 부치기도 해서 시골에 논밭을 사들였다. 그러나 힘든 일 뒤에 마시는 술의 유혹은 그렇지 않아도 외로운 그를 가만 놔두지 않았다.

타향 생활이 길어질수록 그가 마시는 술의 양 또한 늘어만 갔다. 당연히 그의 건강도 문제가 되어 갔다.

하지만 타향에서 생활하는 그의 건강을 그 누가 관심이나 두었겠는가? 어느 누구도 관리하지 않은 그의 건강은 하루가 다르게 변해 갔고, 그 모든 고통은 오직 혼자서만 감내해야 했다.

기운을 쓰는 일은 점차 못 하게 되고, 반대로 그의 배는 자꾸 불러만 갔다.

마침내 복수가 차고 황달이 들어서야 겨우 병원을 찾았

다 한다.

내려진 진단명은 알코올성 간암! 그리고 말기!

돈을 벌려고 갔었던 타향살이도 그에게는 정말 큰 멍에였나 보다.

얼마 되지도 않았지만, 시골에 있는 논이며 밭이며 임야 등 돈이 될성부른 재산은 죄다 팔아 그의 뱃속에 집어넣었다. 그것도 심성 착한 형수의 눈물로 만들어졌다.

주위의 일가친척들은 산사람이라도 살아야 하지 않겠느냐며 극구 말렸지만, 그렇게라도 하지 않으면 도저히 견딜 수가 없다 하여 끝까지 치료를 했다.

인간의 운명은 알 수도 없고 어떻게 바꿔 볼 수도 없다. 오직 하늘만이 그 뜻을 알 것이다.

그의 운명은 거기까지였나 보다. 집 팔고 논밭 팔아 만든 돈이 죄다 바닥이 나자 그의 배는 점점 더 불러 오고 마침내 숨을 못 쉴 지경이 되어 그걸로 끝이었다. 삶의 문이 닫혀 버린 것이다.

그의 죽음을 보는 모두의 상념은 각자가 다 달랐다.

어떻게 생각을 하던 정답은 없다. 달리 생각하면 모두가 정답이기도 한 것이다.

그의 죽음과 함께 나의 모든 의혹 또한 묻혀 버렸다.

꼭 알고 싶었던 것들……. 꼭 물어보고 싶었던 의혹들…….

언젠가 분위기 좋은 상태에서(술 때문에 생기는 부작용을 염려하여 술로 분위기를 잡겠다는 말은 못하겠다) 꼭 확인하고 싶었던 것들이 몇 가지 있었는데, 이제는 만사휴의萬事休矣! 그야말로 모든 게 끝나 버렸다. 이제부터는 그의 답이 아니라 나의 추론으로 그의 역사를 더듬어 가야 한다.

그에 대한 나의 첫 번째 의문은 역시 대검이었다.

어떻게 구입했으며 얼마에 구입했는지?

이것은 이제 영원히 모르겠지?

본인만 알고 있을 테니까! 그리고 그는 이미 이 세상에 없으니까!

왜 그걸 가지고(차고) 다녔을까?

앞에서 몇 가지 언급하기는 했지만, 그 외 또 다른 이유는 없었을까?

몇 번이나 사용했을까?

내가 알기로는 한 번이었는데, 내가 모르는 그 외에 사용해 본 적은 있었는지?

그래서 효과는 보았는지?

협박할 때가 좋았는지? 사용할 때가 좋았는지?

관리하는 방법은 어떤 것들이 있었는지?

평소에 그는 자주 그 대검을 갈기도 했다는 것이다.

언제 대검 착용을 그만두었는지? 왜 그만 두었는지?

그 대검을 버리면서는 어떻게 버렸는지?

묻어 두지는 않았는지?

의혹은 꼬리에 꼬리를 물고 엄청 많았지만 모든 것이 다 물거품이 되고 말았다.

풀리지 않은 의혹은 많다. 내가 정말 알고 싶은 일 중의 하나는 그 여름 뙤약볕 아래 엄청 힘들게 수박을 구루마에 싣고 가서 배고픔을 참아 가며 겨우 수박 값을 받았는데, 민생고 해결 대신 필요 없는(?) 선물을 사느라 돈을 다 허비해 버리고 겨우 붕어빵 하나로 허기를 달래며 집으로 돌아왔었던 그 이유를 물어보지 못한 게 못내 아쉬웠다. 다음에 만나면 꼭 물어봐야지 했던 것이 답을 듣기도 전에 그 물음마저 할 수 없게 되어 버린 것이 참으로 아쉽다

그 목걸이는 내 주위에서 한 일 년쯤 같이 지내다 시나브로 없어져 버렸다.

어차피 만나면 헤어지고 헤어지면 만나는 것이 우리네 삶이라고는 하지만…….

그렇게 또 그렇게 지나가는 것일까?

하여튼 그 분위기 묘한 형은 많은 의문점만을 남기고 우리 곁을 떠났다.

어느 해 늦가을 오후 정기 형과 나는 담양을 출발하여 작은댁으로 가고 있었다. 그날따라 버스가 고장이 나서 교통편이 없었다.

우리는 13킬로미터를 걸어가야만 했다.

그때는 농번기 때 시골의 일손을 돕기 위해 농번기 방학이라고 하는 아주 좋은 기회를 주었었다. 늦가을 들판을 우리는 걷고 있었다. 그 머나먼 길, 가도 가도 배는 고팠는데 먹을 것은 없었다. 마침 멀리 아주 멀리 감나무 끝 가지에 빠알간 홍시가 보였다. 아마 까치밥이라고 하여 감을 다 따내고도 그냥 놓아 둔 몇 개의 홍시였나 보다. 우리는 그 감나무 밑으로 달려들었다. 그러나 그 빨간 홍시는 우리의 영역 밖에 너무 높이 달려 있었다. 나무 밑동을 발로 차 흔들고, 돌팔매질도 하고, 나뭇가지를 던져 보

홍시라도 따 먹어 보려는 노력은 헛수고가 되고 말았다.

았지만 도저히 딸 수가 없었다.

힘만 팔릴 뿐이었다. 일찍 포기했어야 했다. 괜히 힘만 써 버린 우리는 또 우리의 갈 길을 가야만 했다. 마침 막 가을걷이를 한 고구마 밭을 보았다. 군데군데 고구마 넝쿨을 쌓아 놓았다. 혹여 먹을 게 없나 우리는 기대를 가졌다.

"야, 우리 한 번 파 보자. 작은 고구마라도 나올지 누가 아냐?"

홍시를 까치밥이라고 남겨 두었다면, 두더지 밥이라고

하여 남겨 두었던 고구마 줄기가 남아 있었다. 우리는 환호성을 질렀다.

"야 고구마다!"

배고픈 김에 우리는 그 줄기 고구마를 쓱쓱 옷에 문질러 흙을 털어 낸 다음 마구마구 씹어 먹었다. 하지만 그렇게 많이 먹지는 못했다. 고구마는 껍질을 벗기기에는 너무 잘았고, 또한 퍽퍽해서 많이는 먹지를 못했다

한참을 다시 가다가 우리는 가을걷이가 끝난 뒤의 무밭을 만났다. 수확을 다 끝낸 뒤의 무밭이라 그 누구도 시비 걸 사람은 없었다. 설령 그 넓은 무밭을 모두 갈아엎는다 해도.

몇 개 남은 작은 무는 우리에게 큰 기쁨을 주었다. 껍질을 벗기고도 여러 입거리가 되는 무를 우리는 감사하게 먹었다.

그러나 형과 나는 얼마 가지 못해 많이 먹은 것을 엄청 후회하게 되었다. 세상에 공짜는 없다고 했던가? 속이 아리고 너무나 쓰려서 눈물이 핑 돌 지경이었다.

늦가을 냇가.

바람에 일렁이는 은빛 갈대는 참으로 아름다웠을 것이다. 그러나 우리는 그 아름다움을 다 보지 못했다.

그 개울에 달아나는 피리들의 꼬리침을 우리는 보지 못했다.

그저 물을 먹어야 한다는 것. 그리고 샘물처럼 맑은 그 물을 벌컥벌컥 많이도 먹어댔다. 그리고 나서야 우리의 13킬로미터 여정은 겨우 끝이 났다.

나는 저녁도 먹기 전에 무슨 무용담처럼 형들에게 13킬로미터의 여정을 이야기했으나 형들의 반응은 시큰둥하였다.

왜 그렇지? 내 딴에는 엄청 고생했는데?

자기 마음에 없는, 그리고 한 번 해 보았었던 것이야 전혀 흥미 거리가 되지 않았고, 타인의 관심 대상이 아니라는 것을 나는 모르고 있었다. 나만의 세계에서 형들의 세계로 들어가는 시점이었는지도 모르겠다.

그날 밤 꿈에 홍시가 보였다. 역시 현실에서와 마찬가지로 그 홍시는 우리가 도달하지 못하는 높은 곳에 달려 있었다. 그 홍시는 까치밥이었기에.

누군가 그 홍시를 따 보겠다고 뿔 잣대를 들고 용감하

게 감나무를 오르고 있었다. 마침내 그 홍시는 뿔 잣대에 휘둘려서 떨어졌다. 그러나 먹을 수는 없었다. 땅에 떨어지자마자 그야말로 몇 개의 씨앗만을 남기고는 흔적도 없이 사라져 버렸다. 높은 데서 떨어진 것이 그 이유였을까?

두더지 밥을 빼앗아 먹은 우리는, 죄로 가고 있었다.

우리들의 말. 죄로 간 놈들은 벌을 받아야 했다.

두더지 밥을 빼앗아 먹은 죄. 고구마도 먹고 무도 먹고.

그래서 입이 퍽퍽하고 속이 뒤집힐 정도로 아렸을 거야.

다행히 아주 다행히 그 냇가 맑은 물.

자연히 흐르는 맑은 물이 그나마 우리의 쓰린 배를 낫게 해 주었다.

이상하게 그날 밤 꿈에서는 현실하고 너무나 똑같이 생생하게 재현되었다.

단 한 가지 만 빼고.

"야, 우리 얼른 어른 되어 붕어빵 많이 사 먹자!"

후기

자기 의도대로 사는 삶이야말로 가장 행복한 삶이라 하겠다.

살다 보면 전혀 예상치 못한 일도 가끔은 생긴다.

하늘을 우러러 한 점 부끄러움이 없는, 그야말로 배운 대로 세상을 살려고 했으나 나의 뜻하는 바와는 전혀 엉뚱한 방향으로 흘러간다든지, 오히려 정반대로 진행되는 것 또한 흔한 일이다. 본심이 아니라고 이야기할수록 더 깊은 수렁에 빠져, 헤어 나오지 못하는 경우도 많다. 이런 것을 두고 흔히 '운'이라고 하는 건지도 모르겠다.

그렇게 생각하면 나는 참으로 '운'이 좋은 놈이다. 사실 태어나면서부터 요즈음으로 치면 최소 금수저 다음으로는 물고 태어났으니까. 위로 누나가 다섯이나 되니 막내로 태어난 아들 하나 애지중지했겠지. 그것은 어찌 보면 나의 의지와는 아무 상관이 없는 일이다.

또한 내가 아직 철도 들기 전에, 그러니까 선친께서 집안의 모든 경제권을 좌지우지하셨을 때, 그야말로 그 '운'이 없어서 하루아침에 벼랑 끝에서 굴러 20여 년 간을 고생 아닌 생고생을 하고 사회의 어두운 구석을 많이도 봤다.

물론 내 눈으로 본 것일 뿐이지, 나보다 훨씬

더 고생을 한 사람 또한 많을 것이다. 내가 이 세상에서 제일 큰 고생을 했으리라고는 생각하지 않는다. 사실 누구든지 자기가 이 세상에서 제일 큰 고생을 했다고 생각하는 것 같다. 하지만 아래를 내려다보면 셀 수도 없는 많은 사람들이 있는데도 말이다.

누구는 어렸을 적부터 본인의 의지를 가지고 의대를 지망하고 자기의 직업을 선택한다고 하지만 솔직히 나는 그러하지를 못 했다. 우선 먹고 사는 일이 바빠서였을 것이다. 물론 내가 집안의 모든 식솔들을 다 책임지는 것은 당연히 아니었지만, 고생하시는 선친의 어깨를 보면 어쩐지 내 어깨 또한 무거운 짐을 느끼는 것은 어쩔 수 없었다.

그저 정 맞을 짓 안 하고 최선을 다하는 것밖에는 달리 할 것이 없었다. 또 달리 무슨 일을 저지를 만한 용기와 배짱도 없었다.

나만이라도 가계의 지출을 줄이려고 노력했다. 그렇다고 장학생이 될 정도의 머리 또한 없었다. 특히 공립 고등학교에서의 수업료를 면제 받는 것도 어려웠나 보다. 그러나 초등 1, 2학년을 제하고는 개근상은 받았다. 우등상은 못 받았어도.

교육의 중요성을 다시 한 번 깨닫는다.

중 · 고 · 대학을 가면서 모두 은사님들의 권유를 받았다. 지금도 그 분들의 목소리가 들리는 듯하다. 이 자리를 빌어서나마 다시 한 번 깊이 감사드린다. 나의 의지보다는 흘러가는 대로 따라갔기 때문에 '운' 좋게도 평탄한 학창 시절을 보낼 수 있었다.

그러나 사회에서는 조금 달랐다. 나의 뜻이 아무리 좋다고 하더라도 때로 엉뚱한 방향으로 바뀌기도 했다. 흔히 말하는 그 '운' 때문에 자기 갈 길을 가지 못하는 주위의 선후배나 친구들을 볼 때마다, 나는 어떻게 해야 하나를 고민하지 않을 수 없었다.

그러나 인간의 능력은 유한한 것일 뿐, 내가

할 수 있는 것을 다하고 난 다음 하늘의 뜻을 기다리는 것! 그 결과까지 인간이 책임지는 것은 아닐 것이다.

진인사대천명.

그리 생각하니 조금은 마음이 편안해지는 것도 같다.

사실 나도 모르게 나 때문에 손해를 입은 분들도 분명 있을 것이다.
그분들에게 깊은 이해와 용서를 구한다.

기실 나의 진심은 모든 사람들이 서로 배려하고 서로 사랑하여, 행복한 삶을 살기를 간절히 바랄 뿐이다. 우리의 목숨값 이상으로 살아 주기를 바랄 뿐이다.

이 책이 세상의 빛을 보기까지 고생해 주신 분들에게, 그리고 내가 모르는 이들을 포함한 주위의 모든 분들에게, 다시 한 번 깊은 감사와 사랑을 드린다.